Les chroniques criminelles de l'Union et du Principat

ENQUÊTES EN HWLASIE-OCCIDENTALE

Du même auteur

Les chroniques criminelles de l'Union et du Principat

Cycle Hank Wilhem SCHROEDER

À paraître

LA MAISON DES POUPEES

LE CUIR DE L'HORREUR

Cycle historique

À paraître

COUP D'ETAT & RESTAURATION :

APOGEE ET CHUTE DU SODALISME

Florent HENO

Les chroniques criminelles de l'Union et du Principat

ENQUÊTES
EN HWLASIE-OCCIDENTALE

Cycle Hank Wilhem SCHROEDER

« Tous droits de reproduction, d'adaptation et de traduction, intégrale ou partielle réservés pour tous pays. L'auteur ou l'éditeur est seul propriétaire des droits et responsable du contenu de ce livre. Le Code de la propriété intellectuelle interdit les copies ou reproductions destinées à une utilisation collective. Toute représentation ou reproduction intégrale ou partielle faite par quelque procédé que ce soit, sans le consentement de l'auteur ou de ses ayants droit ou ayants cause, est illicite et constitue une contrefaçon, aux termes des articles L.335-2 et suivants du Code de la propriété intellectuelle.»

© 2024 Florent Héno
Édition : BoD • Books on Demand GmbH, In de Tarpen 42,
22848 Norderstedt (Allemagne)
Impression : Libri Plureos GmbH, Friedensallee 273, 22763
Hamburg (Allemagne)
ISBN : 978-2-3225-1999-6
Dépôt légal : Août 2024

Florent HENO

Le monde du principat et de l'Union a été construit patiemment, brique par brique, depuis plus de quarante-cinq ans. Toute une vie à l'échelle d'un homme qui en a cinquante-sept lors de l'écriture de ces mots.

L'imagination aidant, c'est tout un monde, complet et complexe, qui a pu se façonner dans l'esprit d'un enfant rêveur et réservé, puis d'un adolescent timide et, finalement, d'un adulte devenu sociable avec le temps, le travail, les rencontres, dont celle qui a culminé, il y a désormais quatorze ans, donnant lieu à un mariage avec une femme ouverte d'esprit, curieuse, qui l'a poussé à dépasser ses limites et à mettre au grand jour ce monde caché.

Ce dernier s'est enrichi de la rencontre de « belles personnes » dont le meilleur a pu être intégré ; mais aussi des moins « belles », ces dernières poussant souvent l'auteur, pour éviter le conflit, à s'y réfugier, que ce soit cinq minutes ou une heure, voire plus, lui donnant, de ce fait, tout le temps de le faire évoluer.

Certains pourront faire le rapprochement avec des jeux informatiques, apparus bien plus récemment, où il est effectivement possible de créer un monde virtuel. Pour sa part, l'auteur s'est, de tout temps, contenté de sa mémoire et, depuis quelques années, de fichiers excel. Cet univers peut également se rapprocher de ce qu'on apprenait à faire lorsque nous étions enfants avec certains jeux de construction en bois ou en plastique bien connus.

En tout état de cause, il s'est révélé en permanente évolution. Pour autant, il répond à certains invariables, ainsi :

- des personnes toujours présentes au fil des décennies et dont les noms n'ont que peu évolué ;

- un monde, toujours défini par son administration et son organisation tant civile, militaire que politique, parfois détaillé à l'excès.

« Le rêve, c'est le luxe de la pensée ».
Jules Renard

Table des matières

L'UNIVERS DE L'AUTEUR : LE MONDE DE L'UNION ET DU PRINCIPAT 15

    Les personnages du monde de l'Union et du Principat 16

    L'organisation administrative et politique du Principat et de l'Union 20

    L'organisation militaire du principat et de l'Union 27

    Histoire de l'Union et du Principat. 30

    Carte de l'Union et du Principat 35

ACTE 1 : NUIT DU SAMEDI AU DIMANCHE 39

    Au commencement… nuit du samedi au dimanche 41

    L'affaire se complique… dimanche 6h47 45

    Juridiction croisée… dimanche 17h31 49

ACTE 2 : LUNDI 55

    De quoi parle-t-on… lundi 8h17 57

    Début de l'enquête conjointe… lundi 11h 63

    Fouille de l'hôtel…lundi 12h10 67

    Fouille d'une voiture abandonnée… lundi 12h43 74

    L'employé de nuit du motel… lundi 14h20 79

    Point de situation… lundi 16h30 90

ACTE 3 : MARDI 99

- Première piste, première intervention.... Mardi 1h40 101
- La chasse continue... mardi 9h30 111
- Perquisition...mardi 16h 116

ACTE 4 : MERCREDI 125

- Guet-apens... mercredi 1h 127
- Suites et enseignements... mercredi 8h30 135
- Où mènent les portraits... mercredi midi 143
- Tous pour un, un pour tous ou un tout seul... mercredi 15h 151
- Assaut meurtrier... mercredi 16h11 159
- Changement de paradigme... mercredi 20H37 166

ACTE 5 : JEUDI 177

- Course dans l'obscurité...jeudi 9h27 179
- Descente aux enfers.... Jeudi 13h57 187
- Retour des enfers... jeudi 16h30 194
- La chasse reprend...jeudi 21h 198

ACTE 6 : VENDREDI 205

- Pendre l'initiative...vendredi 3h 207
- L'étau se resserre... vendredi 14h 215
- Tout est à refaire...vendredi 22h 222

ACTE 7 : SAMEDI 229

- Dernière traque 1ére partie... samedi 10h11 231

Dernière traque 2éme partie… samedi 14h15 238
ACTE 8 : DIMANCHE 249
Dernière traque : fin de partie …. Dimanche 00h23 251
Fin d'une histoire… dimanche 13h07 259
Début d'une Histoire… dimanche et plus si affinités 265

Avant-propos

L'UNIVERS DE L'AUTEUR : LE MONDE DE L'UNION ET DU PRINCIPAT

Les personnages du monde de l'Union et du Principat

Personnages récurrents

Hank Wilhem Schroeder

Hank Wilhem Schroeder, le personnage pivot de toutes les histoires qui se passent dans cet univers.

Grand, blond au reflet roux, les yeux bleu, athlétique, 1,95m, 120 kg de muscles, maîtrisant l'usage d'un certain nombre d'armes à feu et d'armes blanches, ayant un bon niveau en *close combat*.

Cet univers ayant été remodelé au fil des décennies, l'auteur a pu le faire servir dans des services de renseignement, puis des services d'enquêtes, un petit peu inspiré, il est vrai, de films et de séries télévisées.

De même, s'il a toujours été militaire, il l'aura fait passer de la Marine à l'Armée de terre. A l'origine d'un grade équivalent à celui de lieutenant de vaisseau, il est devenu lieutenant-colonel, puis même colonel.

Dans les histoires publiées, l'auteur le redéfinit comme enquêteur militaire au sein du service d'investigations criminelles du département d'Etat à l'Armée, le SICDEA.

D'origine estrienne.

Thomas Elson

Français, il est acteur d'une des histoires, en ayant assisté au coup d'état de 1989, durant lequel il sera un protagoniste involontaire.

Il est, par la suite, spectateur des autres chroniques criminelles par le contact permanent qu'il maintient avec H.W. Schroeder, dont il a connu le père, avant son décès brutal lors du coup d'état de 1989.

Naura Elson

Son épouse, française. Formatrice dans le bien-être. Mariés en 1994, ils ont trois enfants, deux jumelles et un garçon.

Anjès XXX

Princeps à la mort de son père, Anjès XXIX, en 1989. Grand Pontife de la religion traditionnelle de l'Union, le Trinitaire, chef d'Etat du Principat, un des cinq états fédéraux de l'Union, le plus petit, et Haut protecteur des quatre autres (Estrie, Mestrie, Cestrie, Hwlasie), suivant la titulature habituelle.

Impératrice Liektka

Veuve d'Anjès XXIX et mère d'Anjès XXX.
D'origine cestrienne, mais élevée en Hwlasie.

Angus

L'oncle du Princeps, frère d'Anjès XXIX, personnage qui fait le lien entre H. W. Schroeder et T. Elson. Il peut protéger, appuyer, aider par son autorité morale, notamment.

Kyjès, cousin du Princeps

Fils du précédent, marqué par les événements de 1989 et les années de dictature qui ont suivi. Il a des interactions régulières, également, avec H.W. Schroeder. Il fait tout pour assurer la sécurité de sa famille.

Allyson Skeyr Schroeder

Première épouse de H. W. Schroeder, enquêtrice militaire du SICDEA. Décédée en 2020.

Major Anja Lumbt

Officier des services des renseignements de la Garde impériale.

Personnages de ce roman

Thomas Clédane

Inspecteur-chef de la section criminelle de la police d'Etat de Hwlasie-occidentale.

Marc Felder

Inspecteur-chef de la section criminelle de la police métropolitaine de Lembourg

Colonel Xander Strucker

Directeur du bureau local du SICDEA de Hwlasie-occidentale.

Lieutenante-colonelle Stéphanie Cells
Chef de la section des investigations criminelles du bureau local du SICDEA de Hwlasie-occidentale.

Major Mills
Chef de la section des renseignements criminels du bureau local du SICDEA de Hwlasie-occidentale.

Capitaine Torn Baxter et capitaine Kim Seiller
Enquêteurs de la section des investigations criminelles du bureau local du SICDEA de Hwlasie-occidentale.

Heidi Zledt
Inspectrice-adjointe à la section criminelle de Lembourg où elle a été récemment affectée, co-équipière de Felder.

L'organisation administrative et politique du Principat et de l'Union

L'organisation administrative

L'Union est composée de cinq entités : le Principat en tant qu'état (c'est aussi un concept politique et religieux), l'Estrie, la Hwlasie (prononciation Lasie), la Mestrie et la Cestrie, tous ayant adopté au fils des siècles une structure fédérale. Ainsi, là où le premier est composé du district fédéral uniate, de quatre états et quatre territoires fédérés, les autres comptent un district fédéral abritant leur capitale fédérale et trente-six états fédérés.

Ces derniers se répartissent en cinq provinces dont une capitale, subdivisés en vingt-deux comtés (quatre fois quatre et six fois un) de quatre districts. Ils comprennent de l'ordre de quatre millions quatre cent cinquante mille habitants.

Chaque district fédéral peut être assimilé à un état.

La géographie

L'Union est un continent archipel de l'ordre de six millions de kilomètres carrés et ayant, globalement, une forme de fer à cheval, enserrant ce qui est communément appelé la Mer intérieure (cf. la carte ci-dessous).

Elle est composée de vastes iles où se trouvent de quatre à six états fédérés. Le Principat s'étend sur une ile principale qui fait le lien entre les deux branches dudit fer à cheval et où se trouvent les états et certains de ses territoires, les autres étant insulaires et répartis sur toute la Mer intérieure.

En revanche, chacun pourra mettre ce continent archipel où il le désire, mais plus probablement en Atlantique sud, dans le Pacifique, voire vers l'Antarctique.

La population

La population de l'Union fut jusqu'au XIXe siècle très unitaire car, quelques soient les états, il s'agissait d'une même souche d'origine que l'on définirait désormais de « caucasienne ».

Il est cependant possibles de distinguer deux morphotypes avec au nord, en Mestrie et en Estrie, des populations très claires de peau, souvent blonds, roux ou chatains, de haute stature alors qu'au sud, en Cestrie et en Hwlasie, les populations sont plus brunes et mates de peau.

Deux flux émigratoires notables vinrent modifiés cet état de fait, mais de manière marginale, il est vrai.

La première date du dix-neuvième siècle et fut composée d'Afro-américains fuyant, dans un premier temps, l'esclavage aux Etats-Unis, puis, dans un second temps, un pays qui, certes, après la guerre de Sécession, l'avait aboli, mais sans régler nombre de discriminations et vexations.

La seconde fut une émigration venue d'Extrême-Orient au vingtième siècle, liée aux soubresauts politiques de cette région.

Pour autant, dans cette Union d'états de quelques sept cents millions d'habitants, ils ne représentent au total qu'environ cinq et deux pour cent de la population respectivement, parfaitement intégrés du reste.

La répartition des compétences

Les compétences sont réparties entre l'Union, parfois dénommée Principat, ici dans une acception politique, les états fédéraux et le Principat -acception géographique- et leurs états fédérés.
- Diplomatie et défense sont des compétences réservées de l'Union.
- La politique monétaire est une compétence de l'Union, mais les quatre états fédéraux peuvent battre monnaie, comme le Principat qui le fait pour le compte de l'Union. Les différentes livres (uniate, estrienne, cestrienne, hwlasienne, mestrienne) ont donc la même valeur et sont valables partout.
- La justice et la police sont partagées entre tous les niveaux, suivant le sujet. Par exemple :
    - Le terrorisme, le trafic d'êtres vivants, d'armes (militaires ou civils), d'héroïne et de cocaïne sont uniates ;
    - Les enlèvements et disparitions de mineurs, les tueries de masse, les tueurs en série, la délinquance financière sont de compétence fédérale, ainsi que tout ce qui a trait à plusieurs états ;
    - Les crimes sexuels, les vols avec ou sans violence, les homicides liés à la violence routière sont de compétence fédérée.

- L'enseignement élémentaire, des premier et second degrés relèvent des états fédérés, l'enseignement supérieur des états fédéraux et du Principat.

L'organisation politique

- Le pouvoir exécutif
    - Uniate : Princeps (droit de véto) / premier ministre issu de la majorité du Congrès uniate
    - Principat : Princeps, monarque, chef d'Etat du Principat, Haut protecteur (Princeps Protectorsque PPQ) des états fédéraux souverains
    - Etats fédéraux : gouverneur général (représentation, nommé par le Princeps) / premier ministre issu de la majorité du Congrès fédéral
    - Etats fédérés : lieutenant-gouverneur (représentation, nommé par le Princeps) / ministre président issu de la majorité du Congrès fédéré.

- Le pouvoir législatif
    - Uniate : Congrès composé d'une chambre basse et d'une chambre haute (quatre cent cinquante députés, trois cent neuf sénateurs, soit deux par états et district fédéral, un pour les territoires du Principat et le district capital de l'Union)
    - Principat : Congrès composé d'une chambre basse et d'une chambre haute (trois cent quatre-vingt-dix-huit députés, deux par districts et quatre-vingt-dix séna-

teur, dix par états, provinces et district capitale de l'Union)
- Etats fédéraux : Congrès composé d'une chambre basse et d'une chambre haute (quatre cent cinquante cents députés et cent quarante-huit sénateurs, soit quatre par états fédérés et district fédéral)
- Etats fédérés : Congrès composé d'une chambre basse et d'une chambre haute (trois cinquante-deux députés soit 4 par districts et 40 sénateurs soit 8 pour chacune des provinces).

- Le pouvoir judicaire

Sauf exception, notamment pour les tribunaux de commerce, les juges sont des magistrats professionnels formés dans des écoles relevant des états fédéraux mais avec des antennes dans une partie des états fédérés.

Ceux servant dans des tribunaux à compétence uniate sont issus de leur rang, mais suivent un examen complémentaire.

Concrètement un magistrat servira au sein des juridictions de son état fédéral et des états fédérés liés, au gré de ses avancements (auditeur, président de section, président de tribunal, président de cour d'appel, président de cour fédéral, parquet associé, par exemple).

Il pourra accéder, potentiellement, aux juridictions uniates en cours de carrière, sans, dans ce cas, revenir par la suite en arrière.

Le parquet mène les dossiers à la française et non à l'anglo-saxonne (différence inquisitoire/accusatoire).

La religion – les religions

Les Temps anciens étaient marqués par un polythéisme comme dans beaucoup de civilisations.

Puis une forme de syncrétisme unifia les multiples cultes et donna un modèle religieux plus abouti qui s'imposa partout à l'aube du premier millénaire avant l'ère chrétienne : la religion Trinitaire ou Trinité qui se focalisait sur le Ciel, la Terre et les Eaux (ou la Mer).

Ces trois composantes se trouvaient intimement liées et régissaient le Monde et l'Univers.

Cependant, la symbiose mystique que les croyants leur prêtait pouvait ensuite se décliner en plusieurs écoles. Les deux principales furent la Fusion et l'Accouplement.

Dans le premier cas, une entité originelle en donnait trois, alors que dans le second cas, trois en donnaient une

Estrie, Cestrie penchaient pour la Fusion, la Hwlasie l'Accouplement.

La Mestrie dont on disait les habitants plus poètes était à l'origine adepte de la Fusion également, mais adoptèrent plus tard la Triple Trinité laquelle essaimera un peu partout.

Ici, chaque élément de la Trinité était elle-même triple : Ciel avec Soleil, Lune, Etoile ; Terre avec Montagne, Plat pays, Sous-sol ; Mer avec Fleuve, Pluie, Océan.

Cependant, quel qu'en soit les ramifications, il s'agit bien d'une même religion et non de religions distinctes.

Elle connut, au gré des échanges avec le reste du monde, un fort recul face à l'émergence du monothéisme.

Pour autant, il reste possible de dire que tout Uniate garde un fond trinitaire en lui, même si sa famille a pu embrasser une autre religion.

C'est ainsi que certains moments forts du culte restent suivis par quasiment tout le monde ou, qu'à l'inverse, lors de périodes clés d'une vie (mariage, naissance, décès), des célébrations respectant ces codes sont données.

Les Trinitaires répondaient à un clergé, qui fut, initialement, intimement lié à l'aristocratie et qui était très hiérarchisé avec ses novices, ses obédients (prêtres non consacrés), ses prêtres, ses pontifes et ses grands pontifes.

Au gré de l'évolution du monde uniate, la famille du Princeps sut, habilement, cumuler les charges de Grand Pontife de chacun des quatre états, ce qui lui conféra un pouvoir spirituel unique.

Elle saura ensuite en faire un pouvoir temporel (cf. § Histoire ancienne).

L'organisation militaire du principat et de l'Union

Il existe un ministère de la Défense qui comprend plusieurs départements d'état dont ceux de l'Administration centrale (DEAC), de l'Armée (DEA), de la Marine (DEM) et, enfin, celui des programmes et de l'armement (DEP&A).

Le département d'état à l'Armée (DEA)

Le DEA comprend l'Armée de terre et l'Armée de l'air. On compte, notamment, onze armées, trente-trois corps d'armée (CA) dont vingt-quatre sont associés à autant de régions militaires, compétentes pour six états fédérés. Chacun de ces CA est articulé en deux divisions à quatre demi-brigades et une ou deux brigades aéromobiles (hélicoptères). Ils doivent pouvoir générer trente corps de réserve. Armées et corps d'armée sont commandés par des lieutenants-généraux[1].

L'effectif du DEA est de l'ordre d'un million six cent mille militaires, hommes et femmes dont plus de cent soixante-dix mille pour la composante aérienne auxquels il convient de rajouter le personnel civil.

---

[1] Généraux de corps d'armée dans les armées françaises.

Le département d'état à la Marine (DEM)

La Marine possède huit flottes commandées par des vice-amiraux[2] comptant chacune deux porte-avions de type CATOBAR[3] à propulsion classique capables de déployer une quarantaine d'appareils chacun, quatre porte-hélicoptères amphibies, six sous-marins nucléaires d'attaque et douze frégates de premier rang.

S'il existe bien des sous-marins nucléaires d'attaque (SNA), l'Union ne compte pas de sous-marins nucléaires lanceurs d'engins (SNLE), celle-ci ne comptant pas de composante nucléaire plus généralement, même si elle en dispose bien des capacités scientifiques et technologiques

Il existe une composante aéronavale conséquente qui compense la faiblesse relative de l'armée de l'air, cohérente avec le côté continent archipel.

L'effectif du DEM est de près de cinq cent trente mille marins, hommes et femmes, auxquels se rajoutent un nombre conséquent de personnels civils, armant, entre autres, les arsenaux.

Les Joint Command Forces (JCF)

Une large partie de ces moyens est attribuée à huit Joint Command Forces confiés à un colonel-général[4] ou un amiral et qui tout en

---

[2] Vice-amiraux d'escadre dans la marine française.
[3] Catapult assisted Take-off But (ou Barrier) Arrested Recovery pour le catapultage et l'appontage horizontal d'aéronefs.
[4] Général d'armée dans les armées françaises.

ayant leur quartier général sur le territoire de l'Union se voient attribuer des zones de compétence à travers le monde (Atlantique nord, Atlantique sud, Méditerranée, Est africain et mers rouge et d'Oman, Océan indien, Pacifique occidental nord, Pacifique occidental sud, Pacifique oriental).

Histoire de l'Union et du Principat.

Histoire ancienne

Le continent archipel a connu assez rapidement l'émergence de quatre royaumes qui, de fait, ont survécu dans une forme modernisée : l'Estrie, la Mestrie, la Cestrie et la Hwlasie.

Sociologiquement, estriens et mestriens sont très proches et ont rapidement constitués des alliances.

La langue est très commune, mais a connu avec le temps quelques divergences, notamment pour le cestrien et le hwlasien. Au total, il reste pour tous assez facile de se lire, plus difficile de se comprendre au gré des accents et, surtout, du placement des accents toniques.

Chacun de ces royaumes, initialement très répartis sur tout le continent, a cherché à s'étendre en créant des comptoirs, puis des cités-états filles et enfin des états vassaux.

Ceux-ci sont à l'origine de la structuration de l'Union telle qu'elle existe désormais.

L'accroissement de leurs territoires respectifs, par le biais de ces nouvelles entités, eut pour effet d'accroitre les interactions entre les quatre royaumes. Mais, cela se traduisit, également, par un recours de plus en plus fréquent à la violence.

Il fut, alors, convenu de trouver une autorité morale à même de gérer les conflits.

Une famille estrienne, les Anjesii, avait, bien avant le début de l'ère chrétienne, concentrée un certain nombre de prérogatives religieuses qui avait fini par leur donner une audience bien au-delà des frontières de l'Estrie. Une habile politique matrimoniale, un peu de trafic d'influence, un détournement à propos de coutumes locales leur avaient permis de récupérer les quatre fonctions de Grands pontifes.

Les quatre familles royales s'entendirent pour lui conférer des terres à la jonction de cette dernière et de la Hwlasie. L'autorité religieuse acquise par les Anjesii fut, *de facto* et *de jure*, entérinée.

Le chef de cette famille devint le premier parmi les princes (soit les rois), il acquit ainsi, au-delà même de l'ascendant religieux, un ascendant spirituel et moral.

Au gré d'échanges intermittents avec le reste du monde dont l'empire romain, l'appellation de Princeps s'imposa.

De même, il n'est pas impossible de voir dans cette dévolution d'attribution, plus théorique que pratique, quelque chose d'assez semblable à celle de l'institution du Haut roi dans l'Irlande celtique. Ces mêmes contacts, avec le monde occidental, mais aussi arabe et asiatique, firent progresser le fait religieux d'un polythéisme vers un monothéisme entre le VIè et le VIIIé siècle.

Histoire moderne

Cette autorité, avant tout spirituelle pendant près de mille cinq ans, changea de nature au XVIIe siècle avec l'effondrement des dynasties au pouvoir. En effet, si les relations entre états, parfois tendues, voire conflictuelles, avaient globalement pu être circonscrites par les Princeps successifs, il apparut cependant que les familles royales, peu ou prou, s'étaient toutes lancées dans des guerres intestines, où complots, voire meurtres pouvaient décimer des branches entières.

Fort de la richesse que leur avaient apporté durant toutes ces années, la possession des lieux de culte et la rétribution des arbitrages, les Princeps purent accaparer, désormais, un pouvoir temporel entre le XVIIe et le XIXe siècle, soudoyant les uns, levant des armées de mercenaires au profit des uns ou des autres, voire en les prenant directement sous leurs bannières.

A l'orée du XIXe siècle, les quatre familles régnantes n'avaient plus aucune autorité.

Sous le double effet, d'un jeu habile du Principat et l'émergence des idées des Lumières qui mettaient en avant les apports de la démocratie, voire de la république, elles abdiquèrent les unes après les autres, tout en négociant la conservation de biens et revenus conséquents.

L'organisation politique s'en trouva remodelée avec l'apparition de républiques fédérales, fédérées et d'une Union où, de fait, le seul régime monarchique restant était celui du Principat, pris dans son acception territoriale.

Ainsi le Princeps, qui en plus d'être chef d'Etat sur les terres jadis concédées à ses ancêtres, conservait un pouvoir spirituel deux fois millénaires sur l'ensemble de l'Union.

Histoire contemporaine

L'Union ayant connu une période de fortes crises économique, sociale et sociétale dans les années 70, les tenants d'un état central fort, incarnés par un cestrien charismatique, Hanjes Sodal, et son mouvement de pensée, le sodalisme, eurent de plus en plus d'adeptes. Ils accédèrent au pouvoir lors de diverses élections au début des années 80.

La direction de l'Union s'est alors traduite par une hypercentralisation du pouvoir et la mainmise progressive sur tous les secteurs de la société.

Le point culminant, à la suite du décès soudain du Princeps, fut un quasi-coup d'état en août 1989 avec une tentative de mise sous contrôle du Princeps héritier, âgé de 8 ans, ainsi que de sa mère et de son oncle qui devaient assurer la régence.

Les libertés furent réduites dont le droit de manifester, les médias mis sous surveillance, les opposants circonscrits.

Le pays ayant été redressé de façon assez magistrale, tant sur le plan économique, que sécuritaire, la population accepta cet état de fait, même si, dès le début, la mort du Princeps parut suspecte. Un écran de fumée fut, d'ailleurs, lancé par le nouveau pouvoir pour instiller dans les esprits que la veuve et le frère du défunt auraient pu jouer un rôle dans ce décès.

Versant de plus en plus dans un régime dictatorial, Sodal finit cependant par être renversé en 2020, la population n'acceptant plus les excès de sa gouvernance et des passe-droits accordés aux tenants de son mouvement, tous originaires de Cestrie.

Le système politique qui avait prévalu avant 1989 fut restauré et le prestige du Princeps et de sa famille en sortit réhaussé.

Sodal et certains de ces fidèles tentèrent de créer une sécession dans trois des états cestriens[5].

---

[5] Stobal, Caracal et Caral dont est originaire Hanjes Sodal.

Il ne réussit pas à obtenir l'adhésion attendue et sur les quinze provinces, seuls cinq étaient réellement dissidentes en 2022. Depuis, les pouvoirs cestrien et uniate tentent de reprendre leurs contrôles, mais sans utilisation de la force, comme, la tentation s'en était fait jour dans les premiers mois.

Carte de l'Union et du Principat

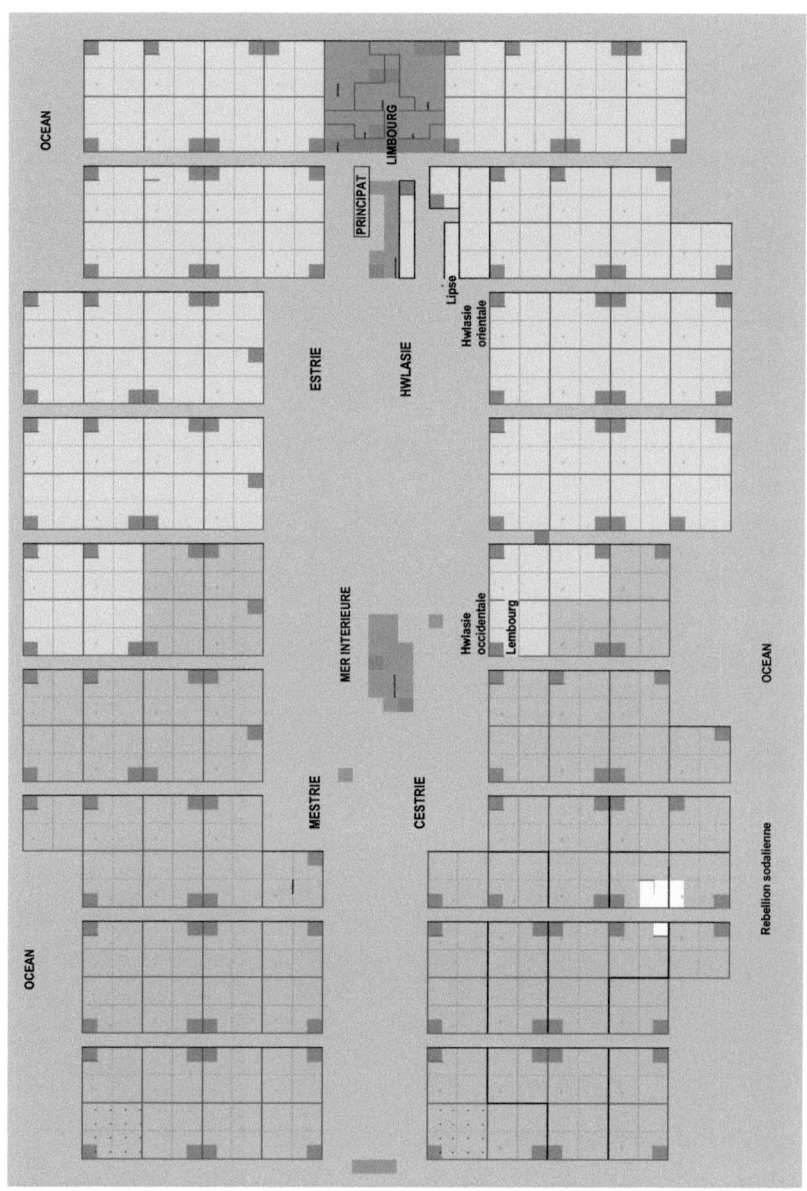

ACTE 1 : NUIT DU SAMEDI AU DIMANCHE

> Lorsque la flèche de ton adversaire se fiche dans ton front, elle n'ouvre pas ton troisième œil, mais ferme tes deux premiers.

Proverbe hwlasien

Au commencement... nuit du samedi au dimanche

L'homme se dirigea dans la nuit vers le dernier des hangars qui bordait le vieux port. Il se déplaçait aussi discrètement que possible sous la seule clarté de la lune, aucun des lampadaires n'étant plus en état de fonctionner depuis désormais bien des années. Il faisait également attention à ne pas trébucher sur les multiples gravats et détritus de toute nature qui jonchaient le sol de cette zone industrielle qui semblait être abandonnée de tous, depuis des lustres.

Il longea l'arrière du bâtiment de tôle, puis s'arrêta à son angle sud-ouest. Il s'accroupit pour se remémorer le plan du hangar. Ce dernier était une vaste construction rectangulaire orientée est-ouest, la mer intérieure flanquant son côté nord. De ce qu'il avait pu voir aux services du cadastre de la ville, l'intérieur se décomposait en une zone de stockage d'un seul niveau couvrant la plus grande partie de la construction et une zone vie. Celle-ci comptait trois bureaux et une pièce d'eau, avec trois toilettes et deux lavabos, le tout desservi par un couloir.

Machinalement, l'homme s'épousseta ; il sourit intérieurement, pensant qu'il avait eu raison d'échanger son costume contre un jeans et une veste sport.

Jetant un coup d'œil, toujours abrité derrière le bâtiment, il pouvait embrasser du regard une partie du quai désaffecté. Désert. Les autres hangars, situés derrière lui ou à sa gauche, semblaient tout aussi abandonnés. Quelques secondes, il laissa ses pensées vagabonder, comme hypnotisé par les vagues de la mer intérieure qui claquaient contre le quai, s'imaginant de l'autre côté, en Estrie, chez lui...

Se rappelant l'endroit où il était et de pourquoi il s'y trouvait, il se ressaisit et, instinctivement, passa la main sur la crosse du pistolet automatique qui était dans son holster de ceinture.

Jetant un dernier regard circulaire pour s'assurer qu'il était toujours seul, il se releva, puis se dirigea discrètement vers la porte du hangar située sur son côté gauche.

Il entrouvrit celle-ci, passa la tête afin de jeter un œil. Le vaste hangar était désert, seules quelques caisses trônant en son centre ; de même, la partie vie paraissait abandonnée. S'assurant une dernière fois qu'il n'y avait personne à l'extérieur, il sortit son arme et entra.

Prenant toutes les mesures de prudence requises, il s'assura que bureaux et salle d'eau étaient vides. Mis à part des éclats de verre et de miroir jonchant le sol, ces pièces étaient nues, clairement à l'abandon.

Il retourna alors dans la zone de stockage pour inspecter les caisses. Il en compta dix-huit. Un pied de biche trainant sur la première, il s'en empara pour l'ouvrir.

Afin de se faciliter la tâche, il posa son automatique sur une autre caisse, puis joua de l'outil pour désolidariser le couvercle, avant de l'utiliser comme un levier pour la retirer.

À l'intérieur, se trouvaient quatre caisses plus petites, deux en dessous, deux au-dessus, de couleur vert armée.

Tout de suite, il reconnut le colisage généralement utilisé pour les armes de guerre, plus particulièrement les fusils d'assaut semi-automatiques. Dès l'ouverture, du plus proche de lui, il en eut confirmation, la boite contenait six armes qu'il identifia immédiatement comme des M16.

Calculant rapidement qu'il y en avait vingt-quatre dans la première caisse en bois, il se mit à en ouvrir une seconde.

Un sourire fugace vint à ses lèvres quand il imagina une fraction de seconde le casse-tête juridico-administratif auquel il avait échappé s'il avait trouvé autre chose. Non pas que le fait de trouver des armes de guerre, arrivées par contrebande, était en soi une bonne nouvelle.

Il aurait dû expliquer sa présence s'il s'était agi de drogue, de cigarettes ou d'autres produits de contrebande, comme des médicaments, des vêtements, des contrefaçons, etc.

Entre les polices uniate, fédérale, d'état, métropolitaine, ou municipale, la compétence juridictionnelle aurait alors pu être différente.

Se reprenant, il regarda ce qu'il y avait dans la deuxième caisse, désormais, ouverte. À sa grande surprise, il y avait un seul colis vert armée à l'intérieur, mais d'un autre modèle et dont le volume nécessitait qu'il soit en travers de la boite en bois.

Surpris et curieux, il s'empressa de l'ouvrir ; à sa grande surprise, il y trouva une arme anti-aérienne portative.

C'est alors qu'il entendit la porte du hangar s'ouvrir en grand ; il pivota et vit trois hommes entrés.

Machinalement, il porta sa main à son holster, mais se rendit compte que son arme n'y était pas.

Se rappelant qu'il l'avait laissée sur une caisse, il s'élança pour la récupérer au moment même où il vit les nouveaux arrivants sortir la leur. Il entendit une balle sifflée et riposta.

L'homme le plus proche de lui s'effondra, mais il ne put esquiver le tir du second qui le frappa à la poitrine.

Allongé à terre, perdant son sang, il vit celui-ci s'approcher de lui. Avec un fort accent cestrien, il demanda au troisième comment allait leur compagnon. L'autre lui fit comprendre d'un geste qu'il était mort.

La dernière chose que l'homme au sol entendit et vit fut : « Mais bon Dieu, tu es qui toi ? », puis une arme tendue vers lui.

Un nouveau coup de feu retentit dans le hangar désert...

L'affaire se complique... dimanche 6h47

L'inspecteur-chef Thomas Clédane de la police d'Etat de Hwlasie-occidentale arriva dans la zone industrielle du vieux port de Lembourg. Il prit la direction indiquée par le service de permanence de son service. Celui-ci la lui avait indiquée au téléphone après l'avoir réveillé, et sorti d'un rêve qu'il devait pourtant reconnaître comme bien agréable, vers 5 h 50.

Il n'avait mis que 20 minutes pour arriver en voiture. Il avait même pu se passer de gyrophare, la route étant parfaitement déserte.

Le hangar près duquel il allait se garer était, en revanche, éclairé des divers halos de lumière dus tant aux éclairages qu'aux avertisseurs lumineux des multiples véhicules des services d'intervention, de secours ou, encore, médico-légal.

Clédane allait sortir de sa Ford focus quand un homme et une femme s'approchèrent, leurs insignes de la police métropolitaine de Lembourg bien visibles.

« Salut Thomas,
- Salut Marc, tu me présentes ?
- Heidi, voici Thomas, Thomas voilà Heidi. Ça te va ?
- Enchantée, Heidi. Oui, merci, vieux grincheux.
- de même, monsieur.
- Qu'est-ce que tu viens foutre ici ?
- On m'a dit qu'il y avait eu un homicide ici, Marc ; alors me voici,
- il y en a bien eu un, mais je ne vois pas en quoi cela te concerne, on est déjà là pour ça et on sait gérer les homicides,

- je n'en doute pas Marc, mais nous sommes dans le port et, même si cette partie est désaffectée, on n'en reste pas moins dans une juridiction d'État.

- Tu m'emmerdes ! ».

Pour autant, Marc Felder s'avait que Clédane avait raison. Il haussa les épaules et montra le chemin avec un geste de la main, faussement obséquieux.

Heidi Zledt s'en amusa, mais pour autant se demanda ce qui relevait du réel agacement ou du jeu entre ces deux policiers cinquantenaires. Particulièrement chevronnés l'un et l'autre, ils se connaissaient depuis longtemps, même s'ils ne travaillaient pas dans les mêmes services. Tous deux étaient sensiblement de la même taille, un mètre quatre-vingts environ, jugea-t-elle. Mais si Clédane avait une allure longiligne, Felder présentait, quant à lui, un embonpoint marqué. De même, sa calvitie prononcée, tranchait sur l'abondante coiffure poil et sel de son interlocuteur. Au total, l'inspectrice adjointe trouvait au nouveau venu un certain charme, nonobstant leur différence d'âge.

Affectée depuis deux mois à la brigade criminelle, cette jeune trentenaire, rousse, élancée, et pour tout dire, jugée sexy par la plupart de ses collègues, avait tout d'abord été excitée de se voir attribuer cette affaire avec son coéquipier. Il s'agissait de la première pour elle et la mener avec une référence de la police métropolitaine lui avait permis d'espérer apprendre toutes les astuces nécessaires pour devenir une bonne enquêtrice.

D'avoir appris une demi-heure plus tôt par la radio que la police d'État débarquait l'avait quelque peu refroidie.

« T'inquiètes, Marc, je demanderai que l'affaire reste partagée, de toute manière, on manque d'effectifs chez nous !

- Trop aimable, au moins on bénéficiera de vos moyens financiers, répondit goguenard Felder ».

Les deux inspecteurs-chefs et la jeune inspectrice-adjointe se dirigèrent vers le hangar, gardé par des agents en tenue. À l'intérieur de celui-ci, des policiers en tenue et en civil attendaient, certains en combinaison blanche. À leurs pieds, se trouvait un cadavre, allongé sur le dos, deux impacts de balles nettement visibles. Du sang recouvrait le sol tout autour de sa taille et de sa tête.

Répondant à la question non formulée, mais que le regard de Clédane sous-entendait, l'un des techniciens vêtus en blanc leur fit signe qu'ils pouvaient s'approcher.

« Mort par balles comme vous pouvez l'imaginer aisément, deux impacts, un dans la poitrine, l'autre en pleine tête, celui-ci à bout portant ; j'imagine que c'est lui qui a été fatal, mais on en saura plus à l'autopsie. Il était armé et a utilisé son arme, d'ailleurs, on a des résidus de tir, mais ici aussi l'autopsie permettra d'être plus précis.

- Il y avait quelque chose dans ce hangar désaffecté, continua Felder, des caisses, j'imagine, on peut encore deviner leurs marques au sol ; pour le coup, toute cette poussière, nous aide.

- Vu le lieu désert, peut-être de la contrebande, pensa tout haut Zledt.

- Cela compliquerait cette affaire sur le plan juridictionnel en fonction de la marchandise, grommela Felder ;

- Les fédéraux ?

- Si c'est des amphètes, des produits de luxe, oui, mais ça peut même concerner les Uniates s'il s'agit d'armes, d'héroïne ou de cocaïne. Qu'est-ce que tu regardes, Thomas ? ».

Les deux inspecteurs métropolitains regardaient leur collègue de la police d'État s'intéresser au scellé contenant l'arme du décédé.

« Un glock 17 ?

- Si seulement, Marc, si seulement ».

Clédane observa de plus près l'arme dans son sachet plastique ; puis, après avoir mis des gants qu'un technicien lui donna, la sortit. « Le casse-tête juridictionnel promet d'être encore plus distrayant, reprit-il avec une grimace, c'est effectivement un glock 17, mais rétrofité par la manufacture d'armes du Principat. Regardez la marque sur la face antérieure de la crosse : les cinq aigles stylisés. C'est un militaire rattaché directement aux états-majors, voire aux services de la Garde impériale. Ça promet ».

Tout en maugréant, il haussa les épaules, en regardant Felder et Zledt, puis sortit son téléphone de service et composa le numéro de son chef.

Juridiction croisée… dimanche 17h31

Clédane, accompagné de Felder, se rendirent à l'aéroport Lembourg-international. Celui-ci était à l'est de la capitale de l'État et touchait la mer intérieure. Il se trouvait, de fait, à l'opposé du site de l'homicide par rapport au centre-ville.

Laissant leur véhicule dans une zone réservée aux forces de l'ordre, ils se dirigèrent vers la zone inter-étatique, caractérisée par la couleur bleue de ses murs, là où le vert était la teinte dominante pour la zone internationale.

Ils ne connaissaient pas le nouveau venu, mais le chef de Clédane, le surintendant Coller, qui l'avait déjà croisé dans le passé, lui avait dit qu'ils ne pourraient pas le rater.

À la surprise des deux policiers, le vol qu'ils attendaient ne venait pas de la capitale impériale, Solburg, mais de celle de la fédération de Hwlasie, Hwlasbourg.

Les passagers du vol indiqué arrivaient désormais. Rapidement, les deux hommes remarquèrent une sorte de colosse, blond aux reflets roux, coupe militaire, rasé de près, là où nombre d'autres passagers masculins portaient une barbe, attribut devenu presque inévitable au sein de la gent masculine.

Bien que ne mesurant pas loin d'un mètre quatre-vingt-quinze et devant déplacer dans les cent vingt kilos tout de muscle, le nouveau venu semblait se mouvoir avec une grâce presque féline.

Il les repéra lui aussi rapidement et se dirigea vers eux ; Clédane devina plus qu'il ne vit une arme de poing à la ceinture, cachée par la veste du géant.

« Inspecteurs-chefs Clédane et Felder, j'imagine ? ».

La question étant plus pour la forme qu'une vraie interrogation appelant une réponse, il reprit tout de suite : « lieutenant-colonel Hank Wilhem Schroeder, service d'investigations criminelles du département d'état de l'Armée. Enchanté ».

Poignées de mains et amabilités de rigueur furent alors échangées. Puis, Clédane proposa à Schroeder de l'amener au quartier général de la police d'État ou, encore, au bureau local de son service, dans le cas où personne de ce dernier ne devait le récupérer à l'aéroport.

« Merci, j'aimerais d'abord voir le défunt ; il est dans votre morgue sans doute ?

- Effectivement, dans une annexe de notre quartier général.

- Puis à l'issue, j'aimerais voir le fameux hangar ; j'irai au bureau local du SICDEA après. Cela vous dérange de me convoyer pour le moment ? On m'a précisé que pièce de travail, connexion informatique et véhicule ne seraient disponibles qu'en début de soirée. Ce genre d'événement désorganise toujours un peu quand il survient un dimanche.

— Ok, pour moi. Mais, comment vous voyez la suite de l'enquête ?

- Pour le moment, aucune idée, fit l'officier supérieur en levant les épaules, mais je vous promets que vous serez les premiers avisés quand j'y verrai plus clair. Il me faut d'abord m'assurer que le mort soit bien de chez nous et que le SICDEA soit bien compétent.

— C'est logique », répondit Felder. Il regarda Clédane avec un air entendu laissant penser : "prends-nous pour des cons, si ce n'était pas le cas, on ne nous aurait jamais envoyé un officier supérieur pour juste jeter un œil. Un simple agent du bureau local aurait été dépêché, dimanche ou non, pour identifier le corps".

Les trois hommes montèrent dans la Ford focus de Clédane, qui prit la direction du service médico-légal du siège de la police d'État d'Hwlasie-occidentale, dans la banlieue sud de Lembourg.

Ledit service, dont la morgue proprement dite, occupait les deux premiers sous-sols d'un ensemble architectural de type industriel.

D'autres services techniques y étaient également installés, ainsi que des garages eux-mêmes situés aux niveaux les plus bas avec leurs ateliers.

L'ensemble faisait face au bâtiment principal de la police d'État, un immeuble d'une dizaine d'étages en pierre de taille datant du 19e siècle dans lequel se trouvait la plupart des bureaux des services actifs, ainsi que ceux des différents directeurs.

Après s'être garés, ils prirent un ascenseur auquel ils purent avoir accès grâce au badge de service de Clédane. Il les mena dans le service médico-légal, puis ils se dirigèrent vers la morgue proprement dite.

Utilisant de nouveau son badge, l'inspecteur-chef de la police d'État les fit rentrer dans cette zone sécurisée et se dirigea vers le bureau des permanents. Un des médecins de garde, ainsi qu'un technicien les y attendaient. Ils échangèrent rapidement, et après leur avoir fait signer un registre de visite, les deux hommes les accompagnèrent dans une des salles d'autopsie.

Les cinq hommes pénétrèrent dans une salle à l'aspect désespérément aseptisé et à l'éclairage caractéristique de celui produit par des néons.

Un corps dévêtu, portant les stigmates du travail des légistes, se trouvait sur une des tables, toutes les autres étant vides.

« Le docteur Stebbs, le chef de service, a demandé que le corps soit admis directement dans cette pièce qui n'était pas utilisée aujourd'hui, fit le médecin en réponse au regard interrogatif de Clédane, l'autopsie elle-même a été réalisée par un collègue habilité par les services fédéraux et uniates. Nous avons voulu éviter tout vice de procédure, finit-il en se retournant vers Schroeder ».

Ce dernier hocha de la tête tout en s'approchant de la table et du défunt qui y reposait.

Il prit une minute, puis d'une voix presque murmurée, il précisa :
« Il s'agit bien de quelqu'un de chez nous.
- …
- Le lieutenant Duvall, Lewis Duvall ». Après un moment de réflexion, répondant aux questions non formulées des autres, il continua : « il était affecté au bureau local de Hwlasie-capitale, mais avait été détaché au bureau principal pour une enquête. Je ne le connaissais pas personnellement, mais je l'avais croisé à cette occasion. Il nous aidait sur une affaire de trafic d'armes militaires de grande ampleur ».

Il regarda la dépouille de l'enquêteur du SICDEA, et lâcha : « en tout cas, quoiqu'il ait pu avoir trouvé, la mort d'un de nos agents nous confère *ipso facto* la compétence juridictionnelle pour cette affaire d'homicide ».

Puis se retournant vers les inspecteurs-chefs et le médecin de garde, « merci de transmettre tous vos éléments sans délai au bureau local du SICDEA ».

Clédane, machinalement, regarda sa montre, elle indiquait 17h31.

Schroeder lui demanda : « Incidemment, vous pourriez m'y conduire pour que j'y récupère les clés de la voiture qui me sera assignée, ainsi que celle de la chambre qui m'a été réservée au cercle des officiers de la garnison de Lembourg ? ».

« Pour quelqu'un qui n'était pas sûr d'être compétent, il y a cinq minutes, il est quand même prévoyant », se dit Clédane, amusé. Puis, tout haut :

« On fait comme cela. Je te ramène aussi Marc, j'imagine ?

- Oui, merci ;

- Bureaux de la police métropolitaine ou chez toi ?

- Chez moi ».

C'est ainsi que tous trois quittèrent l'institut médico-légal, toujours dans la Ford focus de l'inspecteur-chef de la section criminelle de la police d'Etat.

ACTE 2 : LUNDI

> Le voyageur qui se déplace sans bagage se présente dans toute sa nudité au monde.

Proverbe estrien

De quoi parle-t-on... lundi 8h17

Clédane et Felder arrivèrent, chacun de leur côté, au bureau local du SICDEA.

Ce dernier était dans un bâtiment ancien, en pierre de taille, assez semblable à celui de la police d'État, appartenant au département d'Etat à l'Armée. Il abritait essentiellement des unités des différents services de soutien, plutôt en charge de l'administration, des finances et de la logistique, relevant de la XXIIe région militaire et du XXIIe corps d'armée. Leurs états-majors se trouvaient, eux, dans un vaste complexe militaire, situé dans la banlieue est de Lembourg, bordant l'aéroport international, mais aussi l'aéroport militaire qui prolongeait ce dernier. Encore plus à l'est, on pouvait distinguer la base navale et aéronavale abritant des unités de la VIIIe. La plupart des familles de militaires y logeait.

La XXIIe région militaire couvrait six états de la fédération de Hwlasie : la Hwlasie-occidentale, la Praxie, l'Hyptermie, la Stellatie, la Chwrasilie et la Kelwertie.

Les deux inspecteurs-chefs se retrouvèrent devant l'entrée gardée par des policiers militaires portant l'insigne de grande unité de cette région militaire ; le filtrage et l'octroi de badge d'accès étaient quant à eux, assurer par le personnel d'une société de service sous contrat.

Ils allaient remettre leur arme de service à ces vigiles lorsqu'un homme d'une trentaine d'année, brun, coupe courte, à l'allure très militaire arriva. Après quelques échanges avec l'un d'entre eux, ce dernier signifia aux policiers qu'ils pouvaient garder leur pistolet automatique. Le nouveau venu leur fit alors signe de le rejoindre.

« Capitaine Torn Baxter, bonjour inspecteurs-chefs ; heureux que vous ayez pu nous rejoindre malgré ce court préavis.

- Pas de souci, fit Clédane. Mais j'avoue avoir été surpris de l'appel de ce matin, j'avais cru comprendre que nous n'étions plus de la partie ;

- moi pareil, compléta Felder.

- Disons, que le colonel Schroeder, voudrait pouvoir bénéficier de votre appui, mais je le laisse vous en parler plus avant ».

Ils empruntèrent un ascenseur qui les mena au troisième étage. Sortant de la cage, ils virent deux plaques en plexiglas, apposés sur le mur opposé, indiquant différents services.

Logiquement, ils prirent à gauche comme pouvait l'indiquer une flèche face aux lettres SICDEA.

Laissant différents bureaux, ils entrèrent dans une salle de réunion où les attendaient Schroeder, ainsi qu'un homme et une femme, la petite quarantaine chacun.

« Bonjour, messieurs, merci de votre venue. Je vous présente la lieutenante-colonelle Stéphanie Cells, chef de la section des investigations criminelles du bureau local du SICDEA, le major[6] Paul Mills, chef de la section du renseignement criminel de ce même bureau. Le capitaine est sous les ordres de Stéphanie. L'inspecteur-chef Thomas Clédane du bureau d'enquêtes criminelles de la police d'État de Hwlasie-occidentale et l'inspecteur-chef Franck Felder de la police métropolitaine de Lembourg.

Je vous propose qu'on se serve un café avant de commencer ».

D'un geste, il montra une cafetière et des gobelets en carton, ainsi que des sticks de sucre en poudre.

---

[6] Commandant dans les armées françaises

Une fois chacun servi ou resservi, les militaires utilisant, pour leur part, des mugs métalliques aux armes du SICDEA, Schroeder leur proposa de s'assoir autour d'une table de forme ovoïde.

« Si je vous ai demandé de passer, c'est ce que nous avons besoin d'enquêteurs chevronnés pour nous aider dans cette enquête, car nous en manquons cruellement. Clairement, nos bureaux locaux n'ont plus les effectifs pour mener des investigations pour des homicides. De fait, l'essentiel de notre travail est, désormais, accaparé par la lutte contre le terrorisme, intérieur et extérieur, ou encore les cyber menaces, ce qui, parfois d'ailleurs, revient au même. Et, pour tout dire, les bureaux principaux situés dans les quatre capitales fédérales ne sont pas mieux dotés. Je ne vous parlerai même pas de celui du Principat dont la fusion avec le bureau central, avec qui il est colocalisé est régulièrement avancée.

C'est pourquoi le lieutenant Duvall avait renforcé une *task force* du bureau principal d'Hwlasie. L'objet de celle-ci est le démantèlement d'un trafic d'armes de guerre en lien probablement avec des activistes écoterroristes de Kelsie occidentale et de haute Kelsie.

Nous soupçonnons qu'il s'agit d'armes de contrebandes chinoises ou américaines. Evidemment, nous ne pouvons complétement écarter, une piste européenne ou domestique, avec dans ce dernier cas des vols dans des stocks de l'Armée, de la Marine ou encore des Gardes nationales et de réserves. Mais ces dernières hypothèses nous apparaissent moins crédibles.

L'enquête, menée sur le plan opératif par le bureau principal d'Hwlasie, mais sous l'autorité directe du bureau central, dure depuis six mois et, pour être franc, n'avançait guère jusqu'il y a un mois ».

Schroeder se releva et alla se resservir une autre tasse de café qu'il but lentement, brusquement plongé dans ses pensées, comme oubliant qu'il n'était pas seul dans la pièce. Felder allait dire quelque chose, mais la lieutenante-colonelle Cells lui fit un non impératif de la main. Après une simple minute, mais qui parut à tous une éternité, le colosse sortit brusquement de sa torpeur passagère et se retourna vivement vers les autres qui le regardaient intensément.

« Excusez-moi, je disais donc qu'il y a un mois l'affaire a rebondi. Dans un premier temps, le renseignement militaire nous a fait part d'un trafic sur le *dark web* parlant de ventes d'armes militaires et d'acheteurs potentiels en Hwlasie-orientale. Pratiquement au même moment, Duvall nous a rendu compte que des indicateurs lui avaient parlé de nouveaux venus sur le marché et qu'il allait tenter une infiltration en se présentant comme un vendeur potentiel. Nous devions pouvoir lui fournir des armes au besoin. Malheureusement, nous n'avions plus de nouvelles depuis six jours et c'est pourquoi j'étais venu faire le point à Hwlasbourg.

- Et c'est pourquoi vous êtes arrivé si rapidement. Et depuis la capitale fédérale et non de Solburg, coupa Clédane.

- Effectivement, et malheureusement pour une bien triste nouvelle. Nous ne nous attendions pas à ce type d'action de leur part, quel qu'ils soient. Nous avons affaire ici à une véritable exécution, si j'en crois le rapport d'autopsie que votre médecin légiste a établi, inspecteur-chef.

- De fait, être tué dans un échange de coup de feu ou décéder de ses blessures dans un endroit aussi désert que ce hangar aurait déjà été un événement dramatique rarissime. Mais ici, une balle dans la tête alors même qu'il était à terre, cela relève d'une violence, pour ainsi dire, inconnue dans cet état, renchérit Mills.

- En Hwlasie-occidentale, comme vous le soulignez, major, alors que nous pensions que cela se passait en Hwlasie-orientale, reprit

Schroeder. Au total, nous avons un mort et aucune piste supplémentaire à cette heure. Pour autant, nous ne pouvons alléger un dispositif déjà jugé insuffisant au bureau principal d'Hwlasbourg. C'est pourquoi j'ai demandé à vos supérieurs respectifs de vous affecter à notre dispositif. Provisoirement. Je sais que vous êtes parmi les meilleurs de vos services, si ce n'est les meilleurs, et vous ne sauriez pas de trop avec vos qualités professionnelles et vos expériences respectives pour nous épauler.

- En fait, vous ne nous donnez pas vraiment le choix, si je comprends bien, fit remarquer Felder.

- Certes, inspecteur-chef, mais pour autant j'apprécierais que vous adhériez pleinement à notre requête.

- En tout cas, vous avez mon plein appui, coupa Clédane, tout en se levant pour reprendre à son tour du café. Tuer de cette manière quelqu'un est déjà inacceptable, mais, en plus, un représentant de l'ordre, c'est pour le coup la porte ouverte à n'importe quoi.

- ou le retour à une époque révolue, murmura Felder. Bien évidemment, je serais également pleinement des vôtres, compléta-t-il d'une voix posée, mais ferme. Cependant…

- …oui ?

- Pourrions-nous avoir aussi le détachement de ma partenaire, l'inspectrice-adjointe Zledt ? Elle est certes moins expérimentée que Thomas et moi, mais les années qu'elle a fait précédemment en patrouille, puis à la brigade des mineurs lui donne une bonne connaissance des rues de la ville, même des endroits parfois les plus sordides.

- C'est entendu ». Puis se levant, « Je dois vous laisser, j'ai une visio avec mes chefs. Je vous propose que, parallèlement, vous preniez vos dispositions avec vos services respectifs en vue des prochains jours. On se retrouve ici même à onze heures ».

Tous hochèrent la tête, et se levèrent.

Alors que Schroeder quittait la salle de réunion, Clédane se rapprocha de Cells et Mills.

« C'est une absence qu'a eu le colonel Schroeder tout à l'heure ?

- Disons qu'il reste assez marqué par la fusillade intervenue au Palais Lipsé, il y a 2 ans, inspecteur-chef.

- Thomas, appelez-moi Thomas, je vous prie. Lipsé ? C'était un des protagonistes ? Les noms n'ont jamais été communiqués.

- Oui, cela reste confidentiel et je vous demanderai de garder cela pour vous. Cependant comme vous travaillerez ensemble, il me semble normal de vous le dire. Ce fut une salle affaire avec pas mal de morts et blessés graves dont des proches de Ken, même très, très proche, le tout mis sous cloche. L'information a, de fait, été parfaitement maîtrisée, et c'est un euphémisme », précisa la lieutenante-colonelle, songeuse. Puis, elle reprit, plus assurée : « il n'en reste pas moins le meilleur professionnel que j'ai jamais rencontré, il est assurément l'homme de la situation pour ce cas qui, de prime abord, parait nous échapper un peu pour le moment ! ».

Début de l'enquête conjointe... lundi 11h

À peu près à l'heure convenue, les trois inspecteurs civils arrivèrent dans la salle de réunion. Des consignes avaient dû être données à l'entrée du bâtiment, car ils avaient gardé leur arme de service sans qu'il soit nécessaire de les y attendre ou de les accompagner à l'intérieur.

Baxter était déjà présent, ainsi qu'une jeune femme au teint mat, menue et plutôt de petite taille, la petite trentaine également, qu'il présenta comme la capitaine Kim Seiller du bureau local du SICDEA également. Schroeder les rejoint avec un dossier sous le bras.

« Ah ! Zledt, c'est cela, fit-il en dévisageant la policière, à la chevelure rousse flamboyante, qui devait mesurer pas loin d'un mètre quatre-vingts et dont des taches de rousseur constellaient le visage ;

- oui, monsieur, très honorée ;

- je vous en prie. Vous avez tous fait la connaissance de Seiller qui nous renforcera, Stéphanie Cells a bien voulu nous la détacher. Installez-vous je vous prie, j'ai récupéré tout ce que nous avons sur ce dossier ».

Alors qu'ils s'étaient assis en silence, voyant Schroeder remplir son mug de café avant de s'installer lui-même, Clédane se releva, se servit aussi dans un des gobelets toujours à disposition, puis se réinstalla, le tout en prenant son temps. Le militaire l'observa, analysant ce geste, somme toute banal, comme une volonté de rompre ou, au moins, d'atténuer une position, apparente, de subordination. Il reprit alors :

« Nous allons partir du postulat que trafic d'armes de guerre et meurtre de Duvall sont une seule et même affaire. Certes, à ce stade rien ne le prouve, mais le fait qu'on le retrouve si loin de la zone d'action où il était censé initialement opérer, rend légitime cette idée. Les éléments du renseignement militaire tendent à faire penser que les acheteurs potentiels ne sont pas tant de simples délinquants, mais un ou des groupes structurés. Ils n'ont, de fait, laissé que peu de traces numériques que ce soit par téléphone ou réseau informatique. On sait également qu'ils ne reculent devant rien, si on en juge par l'exécution de Duvall. Il s'agit donc, sans doute, d'une très grosse affaire à leurs yeux et, donc, pour nous par la même occasion. Pour autant, aucun vol majeur d'armes n'a fait l'objet de comptes-rendus de nos unités ou encore des arsenaux et des armureries.

- Armes venues de l'étranger alors ?

- sans doute, Zledt. On va commencer par fouiller la chambre d'hôtel qu'avait réservée ce pauvre Duvall. Par l'analyse de ses dépenses de carte bleue, nous avons retracé son arrivée par un vol interétatique entre Nordsten, une ville côtière de Hwlasie-orientale et ici, samedi matin. Puis la location, par ses soins, d'une citadine, à savoir une Peugeot 2008, une marque française, et, enfin, la réservation de sa chambre à …Beltsten », fit Schroeder en relisant ses notes.

- Il s'agit d'une ville côtière, elle aussi, à l'ouest d'ici, somme toute assez proche du lieu du meurtre, précisa Clédane.

- A propos, il ne me semble pas avoir vu un tel véhicule sur place et je n'ai pas entendu parler de la recherche d'une Peugeot depuis hier, cela m'aurait marqué, releva Felder.

- Exact. Nous venons juste de diffuser sa description et sa plaque d'immatriculation aux forces de police. En attendant, je propose que nous allions sans tarder dans sa chambre. J'irai avec l'inspecteur-chef

Clédane et Seiller. Une de nos équipes scientifique et technique nous y rejoindra. Felder, Zledt, je vous saurai gré de voir ce qu'il en est pour la voiture et, dès qu'elle aura été retrouvée, de la fouiller avec une équipe de techniciens de la police d'État. Celle de l'hôtel n'aura pas forcément fini ses relevés à ce moment-là et les autres ne seront pas disponibles ».

Les deux inspecteurs de la police métropolitaine hochèrent la tête.

« Enfin Baxter fera un saut chez le loueur de véhicule », continua le colosse. « La lieutenante-colonelle Cells a demandé de son côté les images de vidéosurveillance de l'aéroport à l'heure d'arrivée de Duvall. On verra peut-être un de ces contacts ou, au contraire, quelqu'un qui le prend en filature. Je laisserai Stéphanie s'occuper de ces enregistrements avec le reste de ses équipes ou encore celles de Mills. Le renseignement criminel dispose d'un large accès à des bases de données, tant de la police que de l'Armée et la Marine, et ce, que ce soit sur le plan national comme international. Ne sait-on jamais, cela pourrait se révéler payant. C'est clair pour tous ? Pas de question ?

- Si je comprends bien, vous restez donc ici et vous dirigez l'enquête ni du bureau principal ni de votre bureau central ?

- Exact. Malheureusement, la mort de Duvall montre que la seule piste viable mène ou part d'ici. Ça, ça reste à déterminer justement. Ailleurs, nous n'avons pu que constater que nous faisions du sur place. Et surtout, je ne laisserai pas ce meurtre sans réagir… Sans vouloir vexer personne ici, bien évidemment ».

Sur ces propos, chacun acquiesça de la tête.

Felder se leva le premier et se tourna vers Zledt :

« Heidi, on va faire un tour dans les rues et secouer quelques indics pour la voiture, tout en restant attentif à ce que le central donnera comme information. Mais de ce fait, on pourrait être amené à sortir de notre juridiction. Tu pourras nous arranger cela avec la police d'Etat, Thomas ?

- Pas de souci, cela a déjà été vu de notre côté. Votre compétence est désormais la nôtre, coupa Schroeder.

- C'est parfait, alors. On y va Heidi. »

Les autres regardèrent ce binôme, un peu mal assorti, quitter la pièce. Baxter se leva à son tour :

« Je file chez le loueur de voitures ».

« Seiller, nous prenons un des véhicules de votre bureau, tous les deux. Nous vous suivrons Clédane.

- C'est parti », fit ce dernier, en lançant en l'air ses clés de voiture.

Quelques minutes plus tard, le Land-rover Defender noir, dans lequel avaient pris place le lieutenant-colonel Schroeder et la capitaine Seiller, sortit d'un garage souterrain et emboita le pas à la Ford focus de l'inspecteur-chef qui avait quitté sa place de stationnement dès qu'il les avait vu s'engager dans la rue. Les deux véhicules prirent la direction de la ville portuaire de Belsten, à l'ouest.

Quelques minutes plus tôt, les deux inspecteurs de la police métropolitaine avaient déjà pris la route, de leur côté, à bord de la voiture de service de Felder, pour les quartiers suburbains de Lembourg.

Dans la foulée, Baxter sortit également du parking en sous-sol au volant d'une Dacia Duster blanche et prit la direction de l'aéroport et de sa zone commerciale.

Fouille de l'hôtel...lundi 12h10

Belsten comptait une partie historique, non dépourvue de charme, dans laquelle le bois et la pierre étaient omniprésents dans les constructions. Le vieux port, situé dans une sorte de hanse naturelle, avait vu les petits bateaux de pêche côtiers cédés leurs places à la plaisance. Quelques restaurants et bars donnant sur de vieux quais pavés témoignaient de l'attrait touristique du lieu.

Un port de commerce moderne se situait à l'est de la ville, vers Lembourg. Une nouvelle ville champignon avait émergé également et, dans la périphérie, se trouvaient des zones commerciales avec des hypermarchés et divers enseignes nationales. Plusieurs hôtels bon marché, voire des motels s'y trouvaient aussi. C'est vers un de ces derniers que les trois policiers se dirigèrent.

Il s'agissait d'un établissement d'un seul niveau, conçu en fer à cheval. Les places de stationnement se trouvaient en épi à l'intérieur de l'espace circonscrit par cette forme de construction. Les chambres étaient traversantes avec une porte donnant sur le parking. Un bureau se trouvait non pas au milieu du dispositif, mais à une de ses extrémités.

S'y dirigeant, et après avoir décliné leurs identités, Schroeder, Seiller et Clédane n'eurent pas de mal à obtenir du gardien le numéro de la chambre qu'avait prise Duvall, d'autant que c'était sous son propre nom.

Ils apprirent qu'il avait expressément demandé qu'elle se situe en face de l'office, ou au moins dans ce coin-là. Regardant par la fenêtre, l'inspecteur-chef de la police d'État comprit immédiatement la raison de cette requête : il pouvait facilement observer ce bureau et, ainsi, noter l'arrivée ou le départ d'un nouveau client, ainsi que, plus généralement, toutes les allées venues. De même, en cas de menace, il ne se trouvait pas bloqué dans une nasse comme cela aurait été le cas dans la partie médiane du motel.

Continuant à échanger avec le gardien, visiblement prolixe, celui-ci leur confirma l'arrivée de leur défunt collègue le samedi vers dix-sept heures.

Il avait fait une pré-réservation en ligne durant la nuit précédente. L'employé précisa qu'il était seul et qu'il était arrivé au volant d'une Peugeot, voiture peu courante, ce pourquoi il s'en rappelait parfaitement.

Il avait confirmé la réservation et précisé qu'il resterait au moins jusqu'à mardi. Il avait, expressément, demandé à ne pas bénéficier du passage d'une femme de chambre. Mais qu'au besoin, il n'hésiterait pas à s'adresser à elle, pour disposer de nouvelles serviettes. Devant le regard interrogateur de Seiller, leur interlocuteur haussa les épaules et précisa que ce type de demande était courante, nombre de clients ne désirant pas être dérangés.

La capitaine n'en releva pas moins que Schroeder avait tiqué à une de ces informations, mais n'avait rien dit. Il demanda, en revanche, si effectivement le ménage n'avait pas été fait, ce qui lui fut confirmé.

Clédane avait remarqué que le gardien disposait d'un moniteur lui permettant de regarder les images des caméras installées à l'extérieur. Celles-ci couvraient les places de stationnement et les portes des chambres. Il s'enquit de savoir si les enregistrements conservaient toute la période qui les intéressait. La réponse étant affirmative, Schroeder demanda à Seiller de les visionner pendant qu'il se rendrait dans la chambre avec l'inspecteur-chef.

Celle-ci, la 45, se situait donc en face. Ils traversèrent et se rapprochèrent de la porte d'entrée. L'employé du motel avait expliqué que toutes les chambres étaient conçues à l'identique : une pièce dans laquelle on entrait directement, la porte étant à gauche. Un bureau, une chaise et un téléviseur fixé au mur étaient de ce côté. Un lit en 140, ou deux en 90, faisait face à ce mobilier, contre le mur opposé. Une fenêtre, à droite de la porte permettait à la lumière du jour d'éclairer cette partie vie. Au fond, mais au milieu du mur, se trouvait une seconde porte donnant accès aux toilettes et à un lavabo à gauche et à une douche et un petit meuble à droite.

Ouvrant avec le double de la clé que leur avait confié le gardien, ils attendirent un instant de s'assurer qu'il n'y avait pas de bruit suspect, puis s'annoncèrent avant d'entrer.

Il s'agissait d'une chambre à deux lits. Une valise, ouverte était posée sur le premier qui manifestement n'avait pas été utilisé. Le second avait le couvre-lit tiré jusqu'au milieu. Mais, il n'avait pas servi non plus, même si draps et oreiller étaient un peu en désordre.

Une mallette et des papiers se trouvaient quant à eux sur la table.

Schroeder reçut au même instant un appel ; il décrocha, écouta puis se contenta d'un « ok ! ». Répondant au regard interrogatif de son partenaire, il lui précisa que c'était Felder. Le central de la police métropolitaine avait relayé une information d'un commissariat d'une localité de la banlieue de Lembourg. Un de ses véhicules de patrouille avait probablement repéré la voiture de Duvall dans un parking. Il s'y rendait sans délai avec Zledt.

Reprenant la fouille de la chambre, Schroeder jeta un coup d'œil aux documents, pendant que Clédane inspectait la salle d'eau, s'assurant que sa fenêtre était bien close.

Après avoir regardé le meuble de rangement et celui sous le lavabo, observé le nécessaire de toilettes réparti sur le rebord de la vasque, tâté les serviettes pour juger de leur humidité, il revint dans la pièce principale.

Laissant l'officier à l'examen des documents, il entreprit de regarder ce qu'il y avait dans la valise quand il s'arrêta brusquement. Il fixa quelques secondes le plafond, visiblement songeur, quand il retourna dans l'autre pièce. Il en revint presque immédiatement avec un flacon de parfum dans la main.

Cette fois, ce fut à Schroeder de lui lancer un regard interrogatif.

« Je me disais qu'il y avait quelque chose qui ne collait pas, mais je ne voyais pas quoi », expliqua l'inspecteur-chef, « puis en me remémorant ce que j'avais vu dans la salle d'eau, j'ai eu un flash : comme une odeur de déodorant, voire de parfum. J'ai trouvé cela surprenant, alors que personne n'était censé être passé depuis deux jours. En plus, le parfum et le déo de Duvall n'ont rien à voir. Je le sais, j'utilise les mêmes ». Observant de nouveau le flacon, il lâcha mi-figue, mi-raisin : « soit il a des goûts de vieux, soit c'est moi qui suis dans le vent ».

« J'avais aussi l'impression que nous n'avions pas été les premiers à passer ici, mais j'avoue que je n'ai absolument pas capté cette histoire de parfum. En tout cas, ce ne sont pas ces papiers qui vont nous aider *a priori* ». Puis, jetant de nouveau un regard circulaire sur la pièce, il ajouta : « Je ne vois aucun ordinateur portable, ni téléphone ici et, de mémoire, nous n'en avions pas trouvé dans le hangar ». Clédane acquiesça d'un mouvement de la tête.

C'est alors que Seiller entra presque en courant dans la chambre : « mon colonel, la chambre a été inspectée par d'autres dimanche vers quatre heures du mat'. Mais franchement, ils n'ont rien avoir avec des gros bras du type mafieux, à mon sens ».

Intrigué, Schroeder se retourna vers Clédane et lui demanda de regarder à son tour les documents au cas où, de nouveau, il décèlerait quelque chose qu'il n'aurait pas vu. Puis il suivit Seiller vers l'office.

Il y regarda à son tour les images des caméras de surveillance.

On y voyait deux véhicules 4/4 noir aux vitres fumées se garer devant la chambre de Duvall, puis quatre hommes sortir de chacun d'entre eux. Pendant que les conducteurs restaient près des véhicules, trois se postaient à différents endroits. Clairement, ils pouvaient, ainsi, tout à la fois surveiller et bloquer les accès à cette partie du motel. Un autre alla vers le gardien qui se révéla ne pas être celui actuellement en service. Enfin, les deux derniers entrèrent dans la chambre en utilisant une clé qu'ils avaient déjà en leur possession.

L'officier supérieur comprit immédiatement ce qui avait marqué la jeune femme. Tout, en ces hommes, faisait penser à des militaires : le déplacement sans précipitation, mais vif et agile, le peu de mots échangés alors même que chacun faisait ce qu'il avait affaire comme dans un balai millimétré. Enfin, ils étaient tous lourdement armés avec des fusils semi-automatiques à canon court et, sans doute, des pistolets automatiques sous leur veste de coupe sportive.

La fouille ne sembla pas durer longtemps, les deux hommes sortant rapidement de la chambre avec un ordinateur portable. Rapidement, ils regagnèrent tous leurs véhicules qui démarrèrent sans délai. La totalité de la séquence n'avait pas duré plus de sept minutes.

Seiller demanda à l'employé du motel de repasser les dernières images et d'agrandir celles où on pouvait voir les plaques d'immatriculation. Elle appela, dans la foulée, le commissariat de police de la ville. Elle espérait, ainsi, que leur trajet puisse être retracé, grâce au réseau de la vidéosurveillance.

Dans le même temps, Schroeder demanda l'identité et l'adresse de l'employé de nuit.

Il retourna dans la chambre pour voir si Clédane avait été plus heureux que lui dans l'examen des documents. Ce dernier lui répondit que non. Il y avait des plans de la ville portuaire ainsi que de Lembourg et ses faubourgs, mais sans aucune inscription, annotation ou marque quelconque. De même, s'il y avait bien les impressions de comptes-rendus et de notes d'observation, ces derniers étaient antérieurs à la journée de samedi et avaient tous déjà fait l'objet de transmission au bureau principal du SICDEA d'Hwlasbourg. Ils étaient donc déjà en possession de Schroeder.

C'est à ce moment-là que l'équipe de police scientifique et technique du bureau local de Lembourg arriva. Il s'agissait de trois agents civils, deux hommes et une femme que Seiller alla saluer avec un large sourire. Après un échange rapide, la cheffe d'équipe alla se présenter au lieutenant-colonel et à l'inspecteur-chef.

« Soyez les bienvenus. Pour notre part, je pense que nous avons fait le tour et je crains qu'il n'y ait pas grand-chose à se mettre sous la dent pour vous non plus. Mais on ne peut se permettre d'écarter quelque chance de piste, alors nous vous laissons faire. Regardez, notamment, si ces papiers peuvent parler au-delà de ce qu'y est imprimé. Je m'entends : savoir où ils l'ont été, justement, et s'il y a des empreintes. Comme un peu partout du reste, mais je vous laisse faire, vous connaissez votre job ».

Puis, se retournant vers Seiller et Clédane : « capitaine, retournez au bureau local et voyez avec les techniciens sur place, s'il est possible de récupérer des informations à partir du fournisseur d'accès téléphonique de Duvall ou encore du cloud. J'ai un doute quant au fait qu'on ne retrouve jamais son téléphone et son ordinateur, ou du moins rapidement. L'inspecteur-chef et moi, nous allons voir l'employé de nuit. Prenez la voiture, je monterai avec lui ».

La jeune femme hocha la tête, puis salua les deux hommes. Elle se dirigea vers le Defender, fit également un signe de la main aux membres de l'équipe technique, et après être s'être installée au volant, elle mit le contact et démarra.

À leur tour, ils saluèrent les techniciens et s'engouffrèrent dans la Ford de l'inspecteur-chef.

Machinalement, ce dernier regarda sa montre, il était douze heures cinquante-cinq. Ils avaient passé pas loin de trois quarts d'heure au motel pour récolter, au total, bien peu d'indices, au premier abord. Il était à espérer que la quête des techniciens sur place soit plus fructueuse.

Fouille d'une voiture abandonnée… lundi 12h43

Franck Felder et Heidi Zledt avait parcouru différentes rues des zones suburbaines de Lembourg. Ils étaient partis du principe que la voiture de Duvall ne serait probablement pas en centre-ville, trop visible et soumise au paiement pour stationnement. Donc sujette à des contraventions.

Ils avaient interrogé un de leurs indics sans succès et allaient tenter leur chance avec un second quand le central annonça qu'une Peugeot 2008 abandonné avait été repérée à Mayfer, une petite localité de la proche banlieue. Une voiture de police du commissariat de cette ville faisait un contrôle de routine dans différents parkings publics sous terrain et son équipage l'avait remarquée. Faisant le lien avec l'avis transmis en fin de matinée, ils vérifièrent la plaque d'immatriculation et, la confirmation ayant été faite que c'était bien le véhicule recherché, un des deux patrouilleurs contacta leur centre opérationnel.

Dès l'annonce faite sur le réseau, Felder prit la direction de Mayfer, utilisant le « deux tons » et les appels de phare pour gagner du temps pendant que Zledt informait de leur prochaine arrivée à la radio. Puis, elle demanda qu'une équipe scientifique et technique de la police d'État ou de la police métropolitaine les y rejoigne. Lorsque l'inspectrice-adjointe eut fini, son supérieur hiérarchique en profita pour passer un appel téléphonique au lieutenant-colonel Schroeder pour l'informer de la situation. Celui-ci lui précisa être dans la chambre de Duvall au motel.

La route ne prit guère plus d'un quart d'heure à la vitesse qu'empruntait la Ford mondeo.

Ils entrèrent dans le parking et se dirigèrent vers la place qui leur avait été indiquée ; trois autres véhicules de police s'y trouvaient déjà. Deux agents en uniforme assuraient un filtrage pendant que trois autres attendaient autour.

Les deux policiers en civil de Lembourg descendirent de leur voiture et s'identifièrent, n'étant pas forcément connus d'eux. L'un s'approcha.

« Sergent Hopper, je fais partie de l'équipage qui a trouvé le véhicule. Nous avons été rejoints par la suite par nos collègues. On a sécurisé la place ; puis mon équipier est parti voir le gardien et visionner ses bandes de vidéosurveillance. Nous avons fait une inspection visuelle de l'extérieur, mais n'avons pas voulu prendre le risque d'ouvrir le véhicule sans savoir exactement ce que vous recherchiez.

- Parfait », fit Felder, et se tournant vers les deux autres agents les plus proches, il leur demanda : « vous pouvez aller à l'entrée du parking, s'il vous plait ? Il faudra peut-être aider la camionnette des techniciens en fonction de son gabarit et bloquer provisoirement les entrées et les sorties du parking ».

Un silence gêné se fit jour, les policiers en uniforme n'ayant pas pensé à filtrer les allers et venues aux accès. Felder fit comme de rien n'était, cependant. Tout en mettant des gants, imité par Zledt, il s'approcha de la portière avant gauche, tout en demandant :

« Et donc ? Cette inspection visuelle, sergent ?

- Malheureusement pas grand-chose, inspecteur-chef ; rien de visible si ce n'est une parka. Pas de sac, de mallette ou autres, du moins aux places avant et arrière. Il reste, bien sûr, la boîte à gants et le coffre à inspecter. On a jeté un coup d'œil sous la voiture, mais rien de particulier ;

- bon, merci ! Il ne reste plus qu'à ouvrir ».

L'inspecteur-chef essaya d'ouvrir la portière avant gauche, puis la portière arrière sans succès. Zledt essaya, alors, celles du côté droit, mais sans plus de réussite. Le coffre était également fermé.

Prenant sa matraque télescopique qu'il avait à sa ceinture, il cassa la vitre conducteur et ouvrit la portière par l'intérieur. Il se pencha avec prudence, pour éviter de se couper avec les éclats de verre, et déverrouilla le côté opposé pour permettre à sa jeune collègue d'avoir accès au véhicule.

« Heidi, inspecte la boîte à gants s'il te plaît, je vais voir si je peux mettre le contact afin de déverrouiller le coffre et allumer le GPS ».

Tout en parlant, il appuya sur un bouton start et il eut la bonne surprise de pouvoir démarrer la voiture sans avoir à utiliser de clés ou de jouer avec les fils électriques du tableau de bord.

« Sergent…Hopper, c'est cela ? Vous pouvez jeter un coup d'œil au coffre ? », dit-il tout en cherchant les derniers trajets et adresses entrés dans le GPS. Il s'avéra que celui-ci avait été vidé de ces indications.

C'est à ce moment que les agents de la police scientifique et technique firent leur apparition.

« Cela tombe bien ; dès que vous aurez fait vos relevés d'empreintes qui, à mon sens, ne vont pas donner grand-chose, vous essayez de voir ce que vous pouvez retirer de ce machin ; au besoin vous récupérer sa puce et vous l'envoyer fissa à un de vos geeks. Je veux en avoir le cœur net et savoir s'il y a quelque chose à sauver.

Hopper ? Alors derrière ?

- Malheureusement rien du tout, inspecteur-chef ;
- et toi, Heidi ?
- Les papiers de location, ceux de la voiture, de l'assurance, une paire de jumelles, une carte du coin, une autre des ports de Lembourg dont le hangar du vieux port où on l'a retrouvé, entouré au feutre et avec marqué au stylo : liv. 17h30 ». Elle se redressa et lui lança : « peut-être pour livraison et l'heure de celle-ci ?
- Possible !
- Sinon un post-it avec les coordonnées du hangar, il me semble. Mais, regarde il y a aussi un nom, ou plutôt un prénom, Paula.
- Avec uniquement un prénom, ça ne va pas être facile d'identifier quelqu'un, à moins que nous puissions faire parler le GPS.
- On a bien compris : on s'en occupe en priorité, commenta un des techniciens.
- Voyez si les pneus peuvent parler, aussi. Parfois, cela permet de circonscrire des zones ».

Se retirant de l'habitacle, il retira ses gants, songeur. Il marmonna entre ses dents à Zledt qui l'avait rejoint :

« Pas grand-chose. Et si le GPS ne parle pas, autant dire rien. On pourra quand même relever le kilométrage actuel et le comparer à celui indiqué sur le contrat de location ; j'espère que les autres auront eu plus de chance ».

Puis jetant de nouveau un œil sur le post-it : « Et toi, Paula ? Qui peux-tu bien être ? ».

Soudain, il se retourna vers les agents en tenue et demanda : « Au fait, qui est allé voir les bandes de vidéosurveillance ?

- Moi, inspecteur-chef, fit un jeune policier.
- Et alors ?

- Le véhicule est entré dans le parking dimanche vers trois heures du matin, suivi d'un 4/4 noir aux vitres fumées. Il s'est garé directement ici. On voit le conducteur faire une manip à l'intérieur, sans doute le GPS ; puis descendre et rejoindre le côté passager de l'autre voiture. Ça n'a pas dû durer plus de cinq minutes et le véhicule est reparti tranquillement. Pas de paiement à la borne de sortie du fait de la courte durée du passage.

— Ils avaient probablement déjà inspecté le véhicule ailleurs. Il n'y avait plus que le GPS à bidouiller puisqu'il y avait un risque qu'il enregistra automatiquement les deux dernières positions.

- Des pros, alors ?

- Ca a tout l'air, Heidi. Ils avaient quelle tête, quel aspect sur la vidéo ?

- Honnêtement, le conducteur du 4/4 n'est jamais visible et on ne voit qu'une main gantée lorsqu'il retire le ticket ou qu'il l'insère pour partir. L'autre a tout fait pour ne pas être reconnaissable sur la vidéo, mais il avait une allure plutôt sportive, du genre sûr de lui, grand, cheveux coupé court, châtain clair.

— Faites des agrandissements des images vidéos où ils apparaissent, fit Felder aux techniciens. Ça ne mange pas de pain et on n'a rien à perdre. »

Il prit son téléphone et dit à Zledt qu'il allait appeler Schroeder pour lui faire un point rapide.

L'employé de nuit du motel… lundi 14h20

En quittant le motel, Schroeder et Clédane prirent la route pour un quartier populaire situé, à environ, un quart d'heure de voiture.

Le gardien de l'immeuble avait précisé que son collègue enchaînait, généralement, un emploi de vigile dans un centre commercial le matin après avoir quitté son service de nuit. Mais il supposait qu'il devrait être chez lui vers quatorze heures.

Ils profitèrent du temps dont ils disposaient dans ces conditions pour s'arrêter déjeuner dans un restaurant relevant d'une chaîne de *fast food*.

Malgré l'heure, il y avait le choix pour trouver deux places assises, un peu à l'écart, et discuter tranquillement. Après avoir passé leur commande à une borne, ils s'installèrent, mettant bien en évidence le chevalet avec leur numéro de commande qui devait permettre au jeune, chargé du service, de leur apporter leurs plats.

Ils avaient pensé initialement que leur mise pourrait paraître décalée dans ce quartier populaire. Mais à leur grande surprise, ils virent pas mal d'autres convives également en costume cravate. Ce restaurant devait être le point de ralliement des employés de divers services tertiaires installés dans le coin. Quelques adolescents complétaient la clientèle.

Attendant leurs plats, Schroeder consulta de nouveau ses notes. Son interlocuteur le regardant intensément, il releva la tête et se mit aussi à le fixer de son regard perçant aux yeux bleu-gris.

« Quelque chose vous a interpellé dans ce que nous a dit l'employé du motel tout à l'heure, Seiller l'a remarqué également même si elle n'en a rien dit.

- Effectivement. Il nous a dit que Duvall n'était arrivé que vers dix-sept heures ; or son vol s'est posé dans la matinée. Nous savons qu'il ne faut même pas une heure pour se rendre de l'aéroport au motel. Donc, question : qu'a-t-il fait entre temps ? et ou ?... Attention ! ».

Le lieutenant-colonel du SICDEA désigna d'un geste de la tête le jeune employé du restaurant qui arrivait avec un plateau sur lequel prenait place leur commande. Une fois, celui-ci déposé sur la table, l'intéressé s'éclipsa. Clédane récupéra son burger, sa portion de frites et sa bière sans alcool, tandis que Schoeder prenait, de son côté, le second burger et un verre de soda sans sucre.

Tout en commençant à manger, le policier demanda :

« J'imagine que nous écartons d'emblée des raisons personnelles pour cet intervalle de temps ? Duvall connaissait quelqu'un ici ?

- En tout cas, rien de tel dans son dossier personnel. Autant que je me le rappelle, quand j'ai étudié ceux de l'équipe mise sur pied à Hwlasbourg, s'il était affecté au bureau local de Hwlasie-capitale, il était, en fait, originaire de Mestrie. Il n'avait pas de famille dans cette fédération et encore moins dans cet état. Il n'était ni marié, ni fiancé et rien n'indique une petite amie locale. Bien sûr, on vérifiera cela, mais sincèrement, je ne pense pas qu'il faille chercher de ce côté-là.

- Il ne reste plus qu'à reconstituer son emploi du temps.

- Effectivement. Excusez-moi, j'ai un appel… C'est Baxter justement chez le loueur de voiture ».

Il écouta ce que son interlocuteur lui disait sans le couper, puis conclut ainsi :

« Parfait, mon capitaine, je fais part de ces éléments à l'inspecteur-chef Clédane. Nous nous rendons dans quelques minutes chez l'employé de nuit du motel pour voir ce qu'il a à dire, notamment sur ceux qui ont inspecté la chambre de Duvall. On pourra peut-être avoir des descriptions physiques, voire des portraits robots, savoir s'ils avaient des accents, ce genre de choses. Peut-être que les coupures qu'il a reçues pourront également parler, car je doute qu'il ait fait cela gratuitement et on ne rétribue pas par virement dans ce genre de cas. On se retrouve au bureau local et on fait tous un point à seize heure trente. Merci de prévenir les autres, y compris la colonelle Cells ».

Ayant raccroché, il précisa à Clédane que Duvall avait bien loué un véhicule dès son arrivée et était parti sans perdre de temps, vers dix heures trente, samedi matin. Baxter avait visionné les vidéos de surveillance de cette zone commerçante, mais n'avait rien relevé de particulier. De même, le loueur n'était pas en mesure de donner plus d'information, Duvall ne lui avait posé aucune question, ni évoqué aucune ville ou quartier. Enfin, personne ne s'était enquis de lui, avant que Baxter ne le fasse.

Le repas étant fini, il proposa de se rendre chez l'employé du motel.

Avisant, un stand de café à emporter, situé devant le restaurant et dont il relevait, il alla prendre un expresso, servi dans un gobelet en carton pour lequel il demanda un couvercle. Son coéquipier de circonstance demanda, pour sa part, une noisette, un expresso rallongé d'un peu de lait. Alors qu'il était servi, Schroeder se retourna brusquement et observa une intersection proche.

« Que se passe-t-il ? fit Clédane en regardant dans la même direction.

- Rien. Pourtant j'aurais juré… Non, ce n'est pas grave ».

Bien que surpris par l'attitude du militaire, le policier ne fit aucun commentaire et se dirigea vers son véhicule. Ils montèrent à l'intérieur, chacun buvant une partie de sa boisson chaude. Puis l'inspecteur-chef prenant le volant, il se servit du porte-gobelet pour poser le sien.

Ils démarrèrent et partirent vers le quartier dans lequel habitait leur homme.

Ils arrivèrent vers treize heure cinquante. Ils repèrent assez vite l'immeuble modeste, et assez mal entretenu, situé à l'adresse indiquée. Ils se garèrent, et se mirent à attendre, profitant de ces quelques minutes pour finir leur boisson chaude.

Entre temps, Schroeder avait reçu un appel, de Felder cette fois, lui faisant le point de ce qu'ils avaient trouvé avec la voiture de Duvall.

C'était mince, mais l'analyse du GPS pouvait effectivement se révéler payante. Quant à Paula, ce nom ne lui évoquait rien non plus. Il précisa qu'ils les attendaient, Zledt et lui, pour un point à seize heures trente au bureau local et qu'ils recevraient sans doute un appel de Baxter allant dans ce sens.

C'est alors qu'il vit l'homme qu'ils cherchaient.

Ils sortirent tous les deux en même temps du véhicule et s'approchèrent de l'entrée de l'immeuble, laissant le gardien venir à eux.

Une fois celui-ci arrivé à un mètre d'eux, ils déclinèrent leur identité et demandèrent s'ils pouvaient le suivre chez lui. L'autre n'émit aucune objection et passa devant eux.

C'est alors que tout se précipita.

*
* *

Un 4/4 noir aux vitres fumées arriva à vivre allure et pila derrière eux.

Schroeder qui s'était retourné, alerté par le vrombissement soudain de ce moteur, eut juste le temps de voir une arme de poing apparaitre par la vitre du passager avant, baissée.

Il dégaina instantanément son glock 17 modifié, mais ne put empêcher le tireur d'utiliser son arme. Deux coups de feu retentirent, puis deux autres, ces derniers provenant du tir de riposte du militaire.

Le véhicule redémarra dans un nouveau crissement de pneus et s'éloigna rapidement, non sans essuyer un nouveau tir, des deux policiers cette fois-ci, Clédane ayant également eu recours à son glock 22 de service. La vitre du haillon arrière vola en éclat, sous l'impact de cette salve, mais cela n'empêcha pas la voiture de prendre de la vitesse et tourner à la première intersection venue.

L'inspecteur-chef retourna immédiatement près de l'employé du motel, allongé au sol, atteint de deux balles et dont le sang commençait à maculer le sol en quantité. Il s'accroupit et prit le pouls du malheureux, mais ne put que lui signifier le décès, d'un geste.

Schroeder, resté debout, se mit à jurer.

À peu près au même moment, une voiture de patrouille, sans doute alertée par l'échange de coup de feu, arriva sur place. Les deux équipiers firent état immédiatement de leur identité pour éviter une méprise, ayant toujours leurs armes de poing sorties. Ils les rengainèrent, d'ailleurs, dans la foulée.

Une description du véhicule en fuite fut donnée immédiatement pour que l'information soit répercutée sans retard par le central opérationnel du commissariat de police et que d'autres voitures de police puissent le prendre en chasse.

Le militaire contacta l'équipe scientifique et technique du SICDEA qui s'était déplacée au motel pour savoir si elle y était encore et si elle pouvait venir dès que possible sur place.

Il demanda, parallèlement, l'appui d'une autre équipe de technicien de la police local afin d'avoir un maximum de personnel. Il s'agissait en effet, maintenant, de passer au peigne fin l'appartement du défunt.

« Quel con, lança-t-il pour lui.

- On ne pouvait s'attendre à cela !

- Et pourtant, j'avais bien cru voir un 4/4 noir stationné pas loin du restaurant ; mais cela n'a pas duré longtemps et je me suis dit que j'avais dû me faire des films…

— En tout cas, ce n'est pas lui qui va nous apprendre grand-chose désormais. Déjà que l'espoir était faible. Je vais quand même récupérer des gants dans mon véhicule ».

L'inspecteur-chef n'eut cependant pas à traverser la rue, un des deux policiers en tenue lui tendant une paire qu'il avait récupérée dans son propre véhicule stationné sur place.

Tout en le remerciant, il les mit puis se mit à palper le mort. Il récupéra son portefeuille et regarda sa pièce d'identité établie au nom de Colin Zlesch, nom qui laissa à penser qu'il était originaire de cet état.

« Aucune arme !

- je ne serais pas plus surpris que ce soit juste une victime collatérale de notre affaire, un gardien de nuit au mauvais endroit au mauvais moment qui a cru, sur le coup, se faire un peu de cash facile et qui, maintenant, l'a payé de sa vie !

- En tout cas, c'est un travail de pro, les deux tirs étaient mortels, si ce n'est sur le coup, à très brève échéance ;
- et qui n'hésite pas à tirer, même avec deux policiers dans leur axe de tir !
- En même temps, ils ont déjà tué un de vos officiers.
- Il n'est pas dit qu'ils aient su son identité à ce moment-là. Ils la connaissent maintenant, et, encore, ce n'est pas sûr. Je ne suis pas convaincu que Duvall ait laissé une information éclairant clairement son identité dans la chambre ou sur lui, même si, de fait, nous n'avons pas retrouvé sa carte professionnelle et son badge, que ce soit sur lui ou au motel. En revanche, ils ne pouvaient ignorer la nôtre et cela ne les a pas empêchés d'agir pour autant ;
- ils craignaient que Zlesch nous mette sur une voie ?
- Possible. Ou alors, ils n'ont pas l'habitude de laisser de témoin. Un peu comme au hangar. Mais là, cela renforce encore mon idée que ça ne colle avec du simple trafic ou de la contrebande, même d'armes de guerre. On est dans plus gros. Mais quoi ?
- En même temps, ce type de marchandises représente beaucoup d'argent !
- Je vous l'accorde, Clédane, mais deux morts en si peu de temps, je ne l'ai quand même pas vu souvent, y compris pour des armes. D'autant que nous sommes ici en face de véritables exécutions ».

Le policier en tenue qui avait donné des gants et qui était allé écouter la radio de son véhicule, revint vers eux :

« Je suis désolé ; ils n'ont rien pour le moment ».

Schroeder le remercia. C'est alors qu'arrivèrent presque simultanément la camionnette des techniciens du SICDEA et une voiture dans laquelle se trouvaient une femme et un homme, suivie d'un autre véhicule de patrouille avec deux policiers en tenue.

Tandis que ces derniers restèrent en retrait, les deux premiers s'approchèrent, badges de police ostensiblement visibles. La femme s'avéra être inspectrice au commissariat de Belsten et l'homme inspecteur-adjoint, tous deux affectés à la section criminelle.

Elle fit part de sa surprise que le véhicule de la police scientifique et technique présent ne soit pas un des leurs.

L'officier supérieur du SICDEA et l'inspecteur-chef de la police d'État se présentèrent tous deux et détaillèrent rapidement la situation. Être en présence simultanément de deux enquêteurs d'organisme de leur envergure sembla faire son petit effet sur les deux nouveaux venus. Ceux-ci n'avaient, du reste, sans doute jamais été confrontés à ce type d'exécution dans leur ville.

Après avoir été rassurée quant à l'imbroglio juridictionnel potentiel en appelant ses supérieurs, la jeune femme les assura de tout son soutien.

Schroeder précisa qu'ils allaient inspecter l'appartement avec leurs techniciens, laissant la zone du crime à l'équipe technique de la police locale qu'il avait également fait appeler. Cela permettrait à ces derniers de gérer le corps et de l'amener à leur propre morgue, son dépaysement à Lembourg n'ayant pas d'intérêt.

Il proposa à l'inspectrice de les suivre, pendant que son adjoint attendrait leurs collègues.

Elle accepta et ils entrèrent tous les six dans l'immeuble.

Les boîtes à lettres étaient dans l'entrée de ce dernier, les noms étant affichés avec les numéros d'appartement au regard, il fut facile de trouver celui du mort.

Clédane avait pris soin de récupérer les clés sur le corps et ils purent entrer sans encombre dans ce qui s'avéra être un trois pièces, clairement défraichi, avec une pièce d'eau où se trouvaient aussi les toilettes.

Commençant par le salon-salle-à-manger, doté d'une cuisine américaine, les trois inspecteurs jetèrent un regard circulaire. Reliefs de repas et bouteilles de bière vides trainaient sur la table à manger. Il y avait également des papiers, surtout des factures et des relevés de crédits à la consommation.

Tout laissait à penser que le gardien de nuit tirait le diable par la queue, malgré ses deux emplois, et avait dû facilement être tenté par de l'argent facile.

La chambre était aussi en désordre quoique relativement propre. Les placards ne comptaient que des vêtements bon marché.

Aucune arme ne fut trouvée, si ce n'est une matraque télescopique et une puissante lampe pouvant aussi faire office de gourdin. Elles étaient cohérentes avec les emplois tenus par l'homme.

La salle de bain ne donna guère plus d'information, si ce n'est qu'ils avaient affaire à un célibataire. Ils trouvèrent, cependant, derrière la cuvette des WC un bocal de conserve dans lequel se trouvaient une dizaine de billets de cent livres hwlasienne. Au vu du train de vie probable de Zlesch, les enquêteurs pouvaient légitimement penser qu'il s'agissait de la somme qui lui avait été remise par ses futurs assassins. Qu'il perçoive régulièrement du liquide pour des « menus services » étaient probables, mais cela ne devait jamais atteindre une telle somme, tant s'en faut, et sa capacité à épargner était moins que certaine.

Cependant, la devise utilisée n'était guère parlante, car, toutes celles en circulation dans l'Union, soient les livres uniates, estriennes, mestriennes, hwlasiennes ou cestriennes, avaient court partout, ce d'autant qu'elles avaient la même valeur.

En revanche, tracer le parcours de ces billets, notamment si elles avaient transité, il y a peu, dans un distributeur ou une banque, serait effectivement plus facile avec la devise locale.

L'inspectrice reçut, à ce moment-là, un appel sur sa radio de son collègue lui annonçant l'arrivée de la seconde équipe de techniciens.

Schroeder glissa à l'oreille de Clédane qu'il était persuadé qu'ils ne trouveraient rien de plus ; l'autre acquiesça discrètement. Le militaire dit alors à la jeune femme qu'il lui laissait le champ libre, ainsi qu'à son équipier, sachant l'affaire en de bonnes mains. Il ne partit pas, cependant sans demander à la cheffe d'équipe des techniciens du SICDEA, d'essayer de faire « parler » au mieux les coupures.

Il rappela également qu'ils devraient être informés sans délai si la fouille exhaustive de l'appartement, du téléphone ou de l'ordinateur de la victime faisait mention d'une certaine Paula, reprenant ainsi l'information dont lui avait rendu compte Felder un peu plus tôt.

Somme toute, assez dépités par cette séquence et ce décès imprévu, le lieutenant-colonel et l'inspecteur-chef sortirent de l'immeuble et se dirigèrent vers le véhicule de ce dernier, non sans avoir salué poliment l'inspecteur-adjoint, les techniciens de la police local et les différents agents en tenue.

Schroeder lâcha, bougon :

« Il n'y a plus qu'à se rendre à notre bureau local à Lembourg comme prévu. Pfff ! Je me sens en manque de café, vous pouvez repasser par le restaurant de tout à l'heure ? Je reprendrais bien un expresso à leur stand extérieur !

- Pas de souci, répondit Clédane en démarrant, j'en prendrai bien un également.

- Je vous l'offre, Thomas, ça me fait plaisir après ce début de journée merdique ».

L'inspecteur-chef releva, intérieurement, le recours à son prénom pour la première fois.

Il prit la direction du stand, ayant presque l'impression de déjà sentir l'odeur du café.

Point de situation… lundi 16h30

Une fois leur café acheté, Clédane mit son « deux tons » en marche, ainsi que son gyrophare et ils purent rejoindre relativement rapidement le bureau local du SICDEA.

Ils se rendirent directement dans la salle de réunion, désormais bien connue.

Felder, Zledt, Baxter et Seiller les y attendaient déjà. Cells et Mills ne tardèrent pas.

Un agent civil du bureau, en poste dans la section du soutien et de la logistique, passa la tête et les prévint que la réunion pouvait être suivie en audio par le bureau principal à Hwlasbourg et le bureau central à Solburg, ce dernier se situant dans une aile du département d'Etat de l'Armée.

À cette nouvelle, Schroeder émit un juron. Puis, après s'être assuré que le micro était coupé, il dit à Cells :

« Qu'est-ce qu'ils espèrent à la Centrale ? On n'a rien pour le moment et je ne suis pas sûr que cela change dans les prochaines heures, voire les prochains jours. Cela ne fait que mettre de la pression, là où il n'en faut pas et nous ralentir par des explications à rallonge qu'ils ne vont pas manquer de demander.

- Reste calme, Hank, il n'y a que le reste de ta *task force* à Hwlasbourg et Paul Meredith à Solburg ».

Ce dernier, colonel, était le second adjoint du chef du département des investigations criminelles, ce dernier étant un major-général[7].

Le bureau central, comme les cinq bureaux principaux et les cent quarante-quatre bureaux locaux étaient organisés sensiblement de la même manière : cinq unités en charge, respectivement, des investigations criminelles, du renseignement criminel, de la lutte contre la cybercriminalité, des investigations scientifiques et techniques et du soutien et de la logistique. Ces unités étaient dénommées sections sauf pour le bureau central où le terme consacré était celui de département. Les bureaux principaux et le bureau central disposaient également d'une unité en charge de l'antiterrorisme et d'une autre des opérations spéciales d'intervention sur le terrain. Les bureaux secondaires pouvaient s'appuyer, de leur côté, sur les compagnies de police militaire des régions ou des corps d'armée, voire d'unités des forces spéciales stationnées sur leur ressort territorial.

Tous s'assirent à la table et Hank Schroeder prit la parole.

Il rappela, de manière synthétique, la raison de la mise en œuvre de la *task force* initiale au bureau principal du SICDEA d'Hwlasbourg.

Il évoqua ensuite le meurtre du lieutenant Duvall dans la partie abandonnée du vieux port de Lembourg, soit dans l'état d'Hwlasie-occidentale, alors même que les éléments, jusque-là, tendaient plutôt à faire penser que le centre du trafic était en Hwlasie-orientale.

Il continua par la création de la cellule d'investigation *ad hoc*, mise directement sous ses ordres et travaillant de concert avec la *task force*, partant du principe que les deux dossiers étaient liés.

---

[7] Général de division dans les armées françaises.

Puis, il détailla l'inspection de la chambre de motel de l'officier assassiné dont la réservation avait été retracée par la carte bancaire. L'information majeure, qui en avait été retirée, étant qu'un groupe d'inconnus les y avait précédés.

Il continua sur le meurtre en pleine rue du gardien de nuit par deux hommes dont on pouvait imaginer qu'ils faisaient partis du même groupe.

Il laissa ensuite la parole à Felder qui parla des recherches liées à la voiture de Duvall, mettant notamment en exergue le nom ou prénom de Paula.

Baxter évoqua, succinctement, sa visite chez le loueur de véhicule.

Puis, ce fut la lieutenante-colonelle Cells qui enchaina sur ce qu'avait donné l'examen de la vidéosurveillance de l'aéroport et de ses alentours.

Celui-ci s'était finalement révélé payant. Quoique difficilement décelable, il était apparu que Duvall avait été pris en filature rapidement après sa descente de l'avion. Il n'avait avec lui qu'une valise cabine et une mallette, qui, *a priori*, étaient celles du motel. Après renseignement auprès de la compagnie aérienne, il était certain qu'il était armé à son arrivée, car il avait demandé l'autorisation au commandant de bord de garder sur lui son pistolet automatique.

La filature avait été constante de l'aéroport au commerce de location de véhicule, à pied donc, puis avait continué, en voiture. Effectuée de manière très professionnelle, elle avait été difficile à repérer. Pour autant, il n'était pas exclu que Duvall s'en soit rendu compte au moment où il avait pris possession de son nouveau véhicule, au vu de son attitude et de différents réglages qu'il entreprit avec ses rétroviseurs sous couvert, sans doute, de prise en main de sa Peugeot 2008.

L'officier féminin distribua alors plusieurs clichés, tirés de la vidéosurveillance et sur lesquels apparaissaient un homme à pied, puis un véhicule avec deux hommes dont ce dernier.

Il avaient la trentaine, coupe courte, athlétiques, en tout point comparables à ceux du motel, même si la définition de l'image ne permettait pas d'affirmer que les hommes assurant la filature comptaient parmi ceux de la descente. La plaque d'immatriculation n'était pas celle du véhicule ayant servi pour la fusillade, mais l'utilisation de faux ne pouvait être exclue.

Seiller prit alors la parole pour faire état des comptes-rendus des équipes de police scientifique et technique.

S'il était encore tôt pour tout ce qui touchait aux relevés et indices récoltés tant dans le hangar, la chambre du motel, le lieu de la fusillade que le logement du gardien de nuit, les informations récupérées auprès des opérateurs téléphoniques ou via le cloud professionnel de Duvall avaient pu donner quelques éléments.

« Il fait état dans ses notes d'un indic qui avait pris contact avec lui, via un réseau crypté. Il lui suggérait de faire un tour sur un site du *dark net*, spécialisé dans les armes. En l'occurrence, le major Mills m'a dit qu'il était connu, mais que si on trouvait, effectivement, des fondus d'armes de tout genre, limite complotistes, ils étaient classés généralement comme inoffensifs".

L'officier supérieur opina de la tête, confirmant le propos de la jeune capitaine.

"Pour autant, un pseudo a attiré l'attention de Duvall : occurrence89. Ce dernier ne participait pas à leurs différents propos fumeux. Il cherchait visiblement du matériel. Tenez ! ».

La jeune femme brune distribua des copies « écran » des notes de leur collègue décédé.

« À ce stade, nous n'avons que ses notes ; les échanges d'occurrence89 et de ses correspondants sur le site disparaissant automatiquement, reprit-elle. Nos techniciens tentent de les récupérer, mais c'est clairement plus pointu et cela demandera sans doute des mandats. En tout cas, il a fini par lister plusieurs armes, si ce n'est qu'il utilisait des noms de code qu'il nous faudra décrypter. En revanche, rien dans ces notes laisse à penser qu'il s'imaginait suivi ou repéré. Au départ, il apparait que le lieutenant croyait clairement que les transactions couvraient la Hwlasie-orientale, voire l'Herchie, soit plus au sud. Cet état, notamment, semblait avoir l'avantage, d'après lui, de posséder des ports donnant sur l'océan. Ce n'est que vendredi soir qu'apparait une adresse, celle du hangar, ici en Hwlasie-occidentale dans la zone portuaire de Lembourg.

- Et comment est-il arrivé à cette conclusion ?

- je suis désolée, mon colonel, ce n'est pas encore clair.

- A ce stade, et dans ce court délai, c'est déjà pas mal, précisa Cells.

- Je ne dis pas le contraire, Stéphanie, mais cela reste peu ».

Face à la mine contrite de la jeune capitaine, Schroeder reprit :

« Merci Seiller, le lieutenant-colonelle Cells a parfaitement raison ; c'est déjà inespéré en quelques heures. C'est du bon boulot et vous pourrez remercier aussi les techniciens ;

- les « techs » ont également étudié le flux de son portable. On y trouve notamment les réservations de vol, de chambre et de voiture. Il y a aussi trois appels aux mêmes numéros, un téléphone prépayé. Une fois le vendredi soir, une autre à l'aéroport et enfin un dernier appel vers dix-neuf heures samedi.

— Un indic ? Peut-être cette Paula, releva Felder.

- Malheureusement à ce stade, inspecteur-chef, ils ne peuvent le confirmer. En plus, ce numéro de téléphone n'est plus actif depuis dimanche midi.

- Soit un indic qui se cache, soit celui à l'origine du traquenar.

- Ou les deux, Baxter, coupa songeur Clédane.

- A savoir, Thomas ?

- Réfléchissons, reprit l'inspecteur-chef, en réponse à Schroeder, pourquoi communiquer une information si vitale que ce hangar, alors même que notre état n'était pas dans votre scope. En plus, avec son exécution, toutes les forces de l'ordre sont maintenant au courant. En revanche, que l'indicateur se soit fait lui-même griller et qu'il est communiqué une information correcte, mais, de ce fait, dangereuse, est envisageable.

- Ou, alors, c'est justement un coup monté pour diriger toute l'enquête sur notre état et pas la Hwlasie-orientale ou l'Herchie. Pour nous embrouiller !

- On ne peut l'exclure, Zledt », répondit Schroeder à l'inspectrice-adjointe rousse qui paraissait d'autant plus grande, qu'outre sa haute taille, elle se tenait particulièrement droite.

Ce faisant, il se leva et alla voir s'il restait du café dans la thermos. Comme c'était le cas, il prit un gobelet et jeta un regard interrogateur autour de lui.

« Pas à cette heure, merci, Hank, fit Stéphanie Cells ». Les autres confirmèrent, laissant l'officier supérieur se servir seul.

« Pourtant, une manœuvre de diversion avec au moins huit personnes, cela me semble bien compliqué. Et si cela pourrait expliquer l'exécution de Duvall, ce qui en soi est quand même extrême, cela ne justifie pas forcément celle tout autant spectaculaire du type du motel », reprit Schroeder en dégustant son café, plutôt tiède que chaud.

Tous, autour de la table, parurent se ranger à cet avis. Il reprit pour conclure la réunion :

« Il convient de faire localiser et parler ce portable prépayé, d'une part, et d'essayer de remonter la poste d'occurrence89. Je laisse votre section « tech », voire votre section cyber s'en occuper, fit-il à l'attention de leur interlocuteur du bureau principal présent à l'audio,

- bien pris !

— On remet la pression sur la police municipale de Lembourg et la police d'État pour retrouver le 4/4 sur lequel nous avons riposté. Dans le même temps, on améliore la définition des vidéos que nous détenons pour voir s'il s'agit d'un des deux véhicules filmés au motel ou, encore, celui de l'aéroport, idem pour les hommes ».

Clédane, Felder et Seiller hochèrent la tête pour signifier qu'ils prenaient en compte ces points, chacun dans leur partie.

« Enfin, je vais me rapprocher du 22e bataillon de police militaire pour voir si nous pouvons disposer d'un groupe en astreinte à notre profit. Cependant, il vaudrait mieux doubler par les SWAT de la police métropolitaine et de la police d'État, je ferai une demande officielle pour cela.

- Si tu veux, je m'en occupe directement d'ici, cela pourrait accélérer le mouvement si notre grand chef prend son téléphone pour solliciter ce type d'appui.

- Merci Paul, je suis preneur. Enfin, point important, il faut absolument retracer l'emploi du temps de Duvall entre son départ de l'aéroport et son arrivée au motel. On a plus de six heures de trou et je suis sûr qu'une des clés se trouve là. Ainsi, que la fameuse Paula. Enfin, comme un fait exprès, deux des trois appels du prépayé se situent juste avant et après cette fameuse plage horaire. Je suis persuadé que tout est là ».

Regardant autour de lui, il reprit :

« Je propose que nous arrêtions là cette réunion. Un tour de table ? Et à Solburg ? Et à Hwlasbourg ?

- rien de plus pour moi !

- pareil !

- Ok. Je laisse chacun retourner à ses occupations. Pour ceux présents autour de cette table, on se retrouve ici demain à huit heures trente ».

ACTE 3 : MARDI

> Ne sois pas paralysé par de vaines peurs. Il sera bien temps lorsque Ciel et terre fusionneront, et que soleil et lune fusionneront.

Proverbe mestrien

Première piste, première intervention…. Mardi 1h40

La nuit allait finalement être plus courte que prévu et ils allaient tous se retrouver bien avant l'heure dite.

Après la fin de la réunion, le lieutenant-colonel Schroeder avait rejoint le bureau qui lui avait été trouvé sur place. Sans être exceptionnel, il était parfaitement fonctionnel et, au fond, c'était tout ce qui l'intéressait.

Il disposait d'une unité centrale à laquelle il pouvait connecter son ordinateur portable, le tout étant relié au réseau du département d'Etat à l'Armée. Il pouvait également avoir accès, via cet intranet dédié, à celui du ministère de la Défense de l'Union.

Il prit le temps de lire ses courriels, puis les comptes rendus de la *task force*, ainsi que ceux d'autres collaborateurs, affectés sur différents dossiers, au bureau central. Enfin, il rédigea son propre rapport d'étape. Après l'avoir relu, il l'archiva dans le cloud du SICDEA.

Il regarda sa montre qui marquait presque vingt heures.

Bien que le cercle assurât encore la restauration à cette heure, il préféra manger à l'extérieur pour se changer les idées. Il marcha un peu dans le quartier et finit par jeter son dévolu sur un restaurant italien.

Quand il y entra, il constata vite que celui-ci n'en avait que le nom, le personnel parlant avec l'accent trainant de Mestrie. Les Estriens comme lui parlant au contraire très vite, cela pouvait créer parfois quelques échanges comiques, mais pas autant qu'avec des Hwlasiens ou des Cestriens. En effet, si estrien et mestrien étaient deux langues parfaitement identiques, les deux autres comportaient nombre de mots différents, tout en restant parfaitement intelligibles à l'écrit. Surtout, elles se caractérisaient par des accents très prononcés rendant, de temps en temps, la compréhension très difficile à l'oral pour les non-initiés.

Le militaire avait eu l'occasion de servir dans suffisamment de postes dans toute l'Union pour ne pas en être trop affecté lors de ses échanges.

La pizza choisie, aux poivrons et chorizo, se révéla finalement très satisfaisante. Il demanda un déca, régla sa note et marcha un peu avant de rentrer dans sa chambre au cercle.

Elle était relativement confortable avec un lit en 140, un fauteuil, une table et sa chaise. Une salle de bain avec baignoire et des wc complétaient l'ensemble.

Une télévision scellée au mur trônait au-dessus de bureau. Il songea que c'était finalement assez semblable à ce qu'il avait pu voir au motel, si ce n'est qu'une baignoire remplaçait la douche et que l'ensemble donnait l'impression d'être clairement mieux entretenu. Il s'allongea sur le lit, non sans avoir enlevé veste et chaussures et alluma le poste pour pouvoir regarder les informations sur une chaîne d'actualité en continue.

La situation internationale n'était guère réjouissante avec le conflit en Ukraine et celui dans la bande de Gazza. Quant à celle nationale, ce n'était pas forcément plus réjouissant. La sécurité n'était toujours pas totale dans les trois états cestriens qui avaient tenté de faire sécession à la fin du régime Sodal, et où ce dictateur avait essayé de se tailler un repère inexpugnable. Après plusieurs années de guerre larvée, leurs provinces avaient fait leur retour dans le giron national, les unes après les autres. Une opération de grande envergure avait été lancée par les armées de l'Union, l'année précédente, après la ratification d'une énième résolution proposée par le gouvernement Uniate aux gouvernements des quatre fédérations, de leurs cent quarante-quatre états fédérés, ainsi que du principat. Si les trois états et leurs 15 provinces étaient désormais « normalisées », force était de constater que des partisans de Sodal[8] restaient très actifs dans cinq d'entre elles, trois en Caral, une en Stobal et une dernière en Caracal et pouvaient porter des coups, de plus en limité, il est vrai, dans les dix autres.

Comment un homme aussi brillant avait ainsi pu devenir un dictateur paranoïaque se fit une nouvelle fois la réflexion Schroeder. Et, une nouvelle fois, il ne peut donner de réponse.

Pour se changer les idées, les informations terminées, il décida de mettre une chaine spécialisée dans les séries télévisées. Enfin vers onze heures, il prit une douche, se brossa les dents, utilisa son fil dentaire et se coucha.

Le réveil coupa brutalement un sommeil dans lequel il ne s'était même pas vu partir.

Il regarda rapidement l'heure : une heure quarante.

Il prit son téléphone et, sans faire exprès, le mit sur la fonction visio, d'où sa surprise lorsqu'il se retrouva face à face avec Heidi Zledt.

« Je suis désolée, fit-elle,

- non, c'est moi. Je me suis trompé de touche. Heureusement, je reste visible, inspectrice-adjointe, répondit-il, avec un léger sourire. Qu'y a-t-il ?

- Mon colonel, nous pensons avoir localisé le 4/4 sur lequel vous avez ouvert le feu avec l'inspecteur-chef Clédane ;

- mais encore ?

---

8 Cf. Coup d'état et restauration : apogée et chute du sodalisme (livre à venir)

— En interrogeant des prostituées et des sans domiciles fixes, un équipage de la police métropolitaine a appris qu'un véhicule correspondant à sa description avait été repéré dans une zone industrielle, à Silure. C'est une commune qui dépend de l'agglomération de Lembourg. À partir de là, on a pu concentrer le visionnage de la vidéosurveillance sur une zone beaucoup plus restreinte et cela nous a donné un centre de contrôle automobile censé être fermé pour travaux et remise aux normes. Or, en contactant l'opérateur de fourniture d'électricité, il apparait qu'il y a bien de la consommation à cette adresse, alors qu'il nous a confirmé que ce ne devrait pas être le cas, aucun équipement ne le nécessitant et une simple ampoule oubliée ne la justifiant pas.

- Parfait !

- Deux unités sont postées non loin, mais nous leur avons demandé de surtout rester discrètes et de ne rien faire avant que nous leur en donnions l'instruction.

- Confirmez-leur cet ordre. Dites-leur que nous allons nous en occuper nous-même.

- Bien, mon colonel. J'ai également rendu compte aux deux inspecteurs-chefs. Je désirais avoir leur aval pour vous déranger à une telle heure.

- Vous avez bien fait ; n'hésitez pas à m'appeler directement une autre fois. Je préviens Seiller et Baxter, ainsi que la 221e compagnie de police militaire. J'ai eu l'accord du commandant du 22e bataillon en fin de journée et il m'a promis au moins un groupe d'astreinte, dès cette nuit, et une section à partir de demain. Vous êtes où à propos ?

- dans mon bureau, dans le bâtiment de la police métropolitaine ; Felder m'a dit m'y rejoindre.

- Parfait, je passe mes appels et je dis à toute le monde de vous y rejoindre. Moi-même, je devrais y être d'ici à une demi-heure.
- Bien, monsieur ».

En raccrochant, Schroeder avait vu dans les yeux bleus très clairs de son interlocutrice comme une forme d'excitation, liée sans doute à l'accélération de cette affaire qui devait être la première d'importance pour cette jeune femme.

Cette jolie jeune femme, s'était-il même dit, en réalité, en son for intérieur. Il venait de se rendre compte qu'il n'était pas sans apprécier le charme de cette grande rousse, avenante et agréable.

Sa réflexion le surprit lui-même, sachant qu'il n'avait guère fait attention aux femmes depuis ce qui était arrivé deux ans auparavant et le décès brutal d'Allyson.

Se reprenant, il se refocalisa sur son travail. Il appela Baxter et Seiller, en s'assurant cette fois qu'il n'était bien qu'en phonie.

Chacun répondit rapidement, malgré l'heure. Après avoir expliqué rapidement la situation, il les entendit, tous deux, l'assurer qu'ils arriveraient également dans une trentaine de minutes. La capitaine se proposa, aussi, de contacter Cells et Mills, au moins pour qu'ils soient au courant de ce dernier développement. Ce pourquoi il donna son accord.

Enfin, il appela le chef de groupe de l'unité de la police militaire mise à leur disposition.

Une fois cela fait, il se rafraichit le visage, s'habilla, prit son arme, la chargea, vérifia ses chargeurs et se dirigea vers le parking du cercle. Au passage, il se prit un café à un distributeur automatique installé au rez-de-chaussée.

Environ trente-cinq minutes après, il était arrivé sur un parking flanquant un vieil immeuble désaffecté que lui avait indiqué Zledt et qui se trouvait non loin du centre de contrôle automobile. L'inspectrice-adjointe l'accueillit et lui précisa que Clédane, qui l'avait précédé de peu, était entré dans le bâtiment qui surplombait leur cible, espérant trouver une fenêtre ou une ouverture quelconque qui lui permettrait d'observer le site.

Felder, Seiller et Baxter arrivèrent alors, presque simultanément.

Ensemble, ils contournèrent le plus discrètement possible l'immeuble et, accroupis, scrutèrent leur cible. Il s'agissait d'une construction assez modeste, sur un seul niveau, comptant deux portes de garage sur la gauche de la façade qui leur faisait face, sans doute pour accéder à la partie technique et une porte-fenêtre à droite dont on pouvait supposer qu'elle donnait sur l'accueil et le bureau. Aucune ouverture n'était visible sur les deux côtés, mais cela ne préjugeait pas qu'il y en ait une, derrière, évidemment non visible de là où ils se trouvaient. Ils relevèrent, enfin, que seules deux fenêtres étaient présentes à droite, quelques vasistas à gauche, tous placés en hauteur, permettant de donner de la lumière à la partie garage, mais pas de les emprunter pour entrer ou sortir.

Schroeder entendit alors sur sa radio portable le chef de groupe de la police militaire rendre compte que lui et ses hommes étaient arrivés à leur tour. L'officier lui précisa qu'ils les rejoignaient immédiatement.

Les six hommes étaient en tenue de combat dont gilet pare-balles. Voyant que l'un avait un fusil de précision, Hank reprit sa radio et demanda à Clédane s'il avait trouvé un bon endroit pour observer d'en haut leur cible. Après avoir eu une réponse positive de l'inspecteur-chef, il dit au chef de groupe d'envoyer son tireur d'élite le rejoindre afin qu'il puisse les couvrir de là.

Le sergent acquiesça. Environ cinq minutes plus tard, son soldat confirma qu'il était en position. Comme ce dernier serait concentré sur ce qu'il verrait dans son viseur, il laisserait le policier faire le lien entre eux par radio.

Plus bas, après un rapide échange entre le chef de groupe et Schroeder, l'approche tactique fut arrêtée.

Entre pleine lune et éclairage urbain, la luminosité fut jugée suffisante pour mener une action. Se scindant en deux groupes, ils devaient rejoindre le petit bâtiment, de chaque côté.

Felder avertit par sa radio les policiers en tenue présents tout autour du quartier qu'ils bloquent, immédiatement, toutes les voies d'accès.

Ils se mirent, alors, en mouvement, le sergent et deux de ses hommes en tête de la première colonne, suivi de Baxter et Seiller, les deux autres soldats précédant Schroeder et les deux inspecteurs de la police métropolitaine pour le second groupe.

Arrivés de chaque côté de la façade de l'édifice, ils reprirent leur souffle. Clédane précisa à la radio qu'aucun mouvement n'avait été relevé de leur côté, notamment au niveau du bureau que le tireur d'élite et lui scrutaient par la porte-fenêtre vitrée.

Le sergent envoya un de ses hommes s'assurer qu'il n'y ait pas d'ouverture derrière. Malheureusement, le soldat rendit compte qu'il y en existait bien une.

Son chef jura, une entrée supplémentaire compliquait le schéma tactique, d'une part, et, comme on pouvait supposer que la partie technique était d'un seul tenant avec des ouvertures en vis-à-vis, cela augmentait aussi le risque de tirs fratricide, d'autre part.

Afin d'éviter ce dernier écueil, Schroeder intervint sur la radio et proposa qu'un soldat de chaque colonne se postent, de part et d'autre de l'ouverture de derrière, et empêchent toute sortie sans pour autant l'ouvrir et entrer.

Cette proposition acceptée, chacun se prépara. Le lieutenant-colonel donna le top départ. Le groupe de gauche, mené par le sous-officier, se rapprocha de la grande porte la plus à gauche. Dans le même temps, à droite, l'autre colonne, conduite par Schroeder, se positionna au niveau de l'accès à l'accueil.

Mais ce dernier étant assez modeste, et afin d'éviter de se marcher dessus, il dit aux deux inspecteurs d'avancer et de rejoindre le premier groupe. Il ne conserva avec lui que le policier militaire pour entrer dans la partie accueil/bureau.

L'autre porte sectionnelle, située de fait entre les deux entrées à investir, fut laisser sous la surveillance du tireur d'élite et de Clédane.

Au top, le sergent et le colonel ouvrirent tous deux la porte devant laquelle ils se trouvaient, faisant entrer un soldat qu'ils couvrirent dans la foulée. Les deux officiers du SICDEA et les deux policiers civils suivirent le sous-officier à leur tour.

Les locaux se révélèrent vides, seul le 4/4 criblé de balles par le tir de la veille se trouvant au fond du hangar.

Shroeder et son binôme rejoignirent, par une porte de communication, les autres qui avaient stoppé leur progression.

Ayant vu des papiers sur une table dans l'office, il demanda à Seiller d'aller y jeter un coup d'œil, puis il fit un point avec Clédane et le tireur d'élite, tenant toujours leur position en hauteur. Enfin, faisant signe aux inspecteurs de rester en retrait, il donna l'ordre au sergent et à ces deux hommes d'aller vers le véhicule.

Jetant un coup d'œil par les vitres dont certaines étaient brisées, ils constatèrent qu'il était vide. C'est alors que Baxter qui les avait suivis, puis contourné l'automobile lança : « mon Dieu, mais quelle horreur ! ».

Le rejoignant, Schroeder comprit ce qu'il voulait dire : un corps jonchait le sol, le visage en bouillie et les mains brulés par un quelconque solvant.

« Ça, mon colonel, c'est l'œuvre d'un, voire de plusieurs tirs de fort calibre, en pleine tête. Quant aux mains, c'est un acide pour empêcher de relever les empreintes, fit le sergent, arrivé à sa hauteur.

- On aura tout fait pour empêcher son identification. Baxter, contactez le service d'astreinte du bureau pour nous envoyer une équipe scientifique et technique. Si ce n'était pas possible rapidement, qu'ils prennent contact avec la police d'État ou la police métropolitaine.

- Je crois que je vais sortir deux minutes, fit Zledt qui venait de les rejoindre avec Felder.

- Allez-y ! Je comprends parfaitement, ce n'est pas joli à voir, reprit Schroeder tout en s'agenouillant près du corps.

- ne le touchez pas mon colonel, l'arrêta alors le sergent, vu ce qu'ils ont mis en œuvre pour nous retarder, on ne peut exclure que le corps soit piégé. Je vous recommande d'attendre des spécialistes.

- Vous avez raison, fit-il en se relevant, puis se retournant vers Felder, pouvez-vous voir Seiller et lui dire d'être extrêmement prudente.

- Pas de souci !

Le cinquantenaire se dirigea vers l'office, mais revint rapidement avec la capitaine qui tenait, dans ses mains gantées, divers documents.

« J'ai récupéré cela, mon colonel, pour le reste pas grand-chose.

— Ok, on ressort, je préfère ne pas prendre de risque. On va examiner cela plutôt à l'extérieur ».

Prudemment, mais sans précipitation, le groupe sortit du centre de contrôle automobile.

Alors que le sergent rappelait ses deux hommes postés derrière celui-ci, Schroeder s'approcha de l'inspectrice-adjointe :

« Ça va mieux ?

- Oui, oui, désolé.

- Vous n'avez pas à l'être, soyez-en certaine, lui dit-il en posant sa main sur son épaule.

- Merci », répondit-elle en esquissant un faible sourire.

Puis le groupe revint vers ses véhicules, laissant juste deux policiers militaires à l'angle de l'immeuble, juste en face du site inspecté, afin de garder un visuel sur lui.

La nuit promettait d'être encore longue.

La chasse continue... mardi 9h30

Et de fait, elle le fut.

Ils durent attendre environ une heure que les techniciens et deux démineurs arrivent sur place.

La levée de doute se fit rapidement, aucun piège n'étant décelé et les deux spécialistes repartirent immédiatement.

Les trois agents de la police scientifique et technique qui, finalement, relevaient de la police métropolitaine de Lembourg mirent une heure et demie pour faire leurs propres relevés, examiner le corps et surtout, au vu de son état, le mettre en condition en vue de l'autopsie.

C'est donc vers quatre heures trente que le chef d'équipe vint faire un rapport préliminaire.

« Tout a été nettoyé plus propre que propre, un vrai travail de professionnel. On a bien des empreintes partielles, mais je ne sais pas si elles pourront être exploitées, ni même si elles ont un lien avec votre affaire. On a également trouvé quelques bouts de cordes et des éclats de bois. Nous allons les étudier de plus près.

Concernant le mort, il y a un impact au poumon et deux dans la tête, pas du même calibre. Le premier, pour moi, je dirais *a priori* du 9 mm. Pour les seconds, je ne voudrais pas être trop affirmatif, mais c'est un tir de fusil à pompe, ça, c'est sûr. J'aurai tendance à penser que la blessure au poumon est antérieure, d'autant qu'il y a des éclats de verre dans la plaie, sans doute la vitre.

- Ce tir l'a tué ?

- Non justement, reprit le technicien en regardant avec un drôle de regard Schroeder, Felder et Clédane qui l'entouraient, c'était une blessure grave, qui aurait été sûrement mortelle sans soin, mais pas immédiatement. Le plus surprenant, c'est que ce sont les tirs de fusils à pompe qui l'ont achevé.

- Il était vivant quand on lui a fait ça ?

- Soyons d'accord, je ne suis pas le légiste en titre et, de toute manière, seule comptera l'autopsie, mais oui, c'est ce que pense.

- Pfff !

- Comme vous dites, je ne sais pas de qui il s'agit, mais vous avez affaire à de sacrés clients. Sur ce, je récupère mes gars et on y va avec le corps. Vous aurez mon rapport préliminaire dans les plus brefs délais et je vais faire en sorte que toute la procédure soit accélérée.

— Merci, bon retour, à vous ! ».

Un peu surpris par la teneur de ces propos, Schroeder prit quelques minutes à réfléchir.

« Chacun rentre chez lui, prend sa douche et un bon café, voire, fait un micro-sommeil, s'il y arrive. Je décale la réunion à neuf heures trente ».

*
* *

À l'heure dite, ils étaient tous là. L'officier supérieur du SICDEA pensa, même, qu'ils étaient tous remarquablement « frais » après une telle nuit, sans doute l'excitation du chasseur. Il savait aussi qu'ils ne pourraient maintenir cette cadence si l'affaire venait à s'éterniser. C'était à lui d'organiser le rythme de travail si cela devait être le cas.

Ils s'assirent autour de la table de leur salle de réunion, devenue, en quelque sorte, la leur au sein du bureau local. Il s'était créé une sorte de routine.

Comme à l'accoutumée, Cells et Mills les y rejoignirent.

Cette fois, le colonel STRUCKER, le chef du SICDEA pour la Hwlasie-occidentale était également présent, tenant à accompagner ses deux chefs de section. En revanche, il n'y avait pas eu de mise en œuvre de la visio au profit du bureau central à Solburg ou encore du bureau principal à Hwlasbourg.

Schroeder leur fit un nouveau point de situation afin d'être certains que tous détenaient les mêmes informations.

Ayant lu les rapports préliminaires établis par les différents services pendant l'heure qui avait précédé, il les leur synthétisa dans les grandes lignes.

Il était confirmé que l'homme abattu avait été défiguré encore vivant et que le premier impact, antérieur, était celui d'un glock 22. Plus précisément celui de Clédane dont les caractéristiques étaient dans la base de données du fait de précédentes utilisations. Le cordage était de ceux utilisés pour le fret maritime et les éclats de bois venaient d'une caisse sans qu'il soit possible d'en dire plus à ce stade. Cela dit le fait qu'une ou plusieurs caisses d'armes de contrebande soient passées par le centre de contrôle automobile pouvait être considérée comme une hypothèse hautement plausible.

Bien entendu, toutes les caméras de vidéosurveillance qui existaient aux alentours avaient été recensées afin de récupérer des indices supplémentaires.

La consigne en ayant été donnée pendant qu'ils attendaient les techniciens et les démineurs, cela commençait à porter ses fruits.

Un balai de 4/4 avait pu être relevé durant près de soixante-douze heures, jusqu'à l'arrivée de celui ayant subi le tir de riposte, vers quinze heures trente. Puis, un second véhicule identique l'avait rejoint une heure plus tard, mais repartait moins de quinze minutes après. En reprenant le rapport relatif à l'inconnu défiguré, l'heure de la mort était cohérente avec ces données.

Il fut noté également le passage, la veille, de deux fourgonnettes utilitaires qui s'étaient garées à l'intérieur du centre de contrôle automobile du dimanche matin au lundi midi.

Pour la première fois depuis le début de l'enquête, ils avaient tous l'impression de tenir quelque chose de palpable et qui fasse avancer le dossier.

Malheureusement, les heures suivantes n'apportèrent pas grand-chose d'autres, jusqu'à ce que la section cyber du bureau principal de Hwlasie prenne contact avec le lieutenant-colonel Schroeder. La piste du téléphone prépayé avait enfin porté ses fruits et ils avaient même pu remonter à un immeuble du centre de Lembourg.

Après quelques appels au service du cadastre, il apparut que celui-ci comptait deux niveaux sous-terrain dont un pour le stationnement des voitures et un autre pour les caves.

Il y avait, au rez-de-chaussée, un commerce de chaussures, deux cabinets médicaux et la loge d'un concierge. Les appartements étaient répartis sur six étages à raison de huit par niveau : du studio au cinq pièces.

Un second appel auprès du commissariat de quartier permit de savoir que les résidents étaient, principalement, des locataires et que les policiers avaient été rarement amenés à y intervenir.

Schroeder ne pouvait se permettre d'attendre, alors que leurs adversaires avaient toujours eu un coup d'avance. Il lui fallait donc mettre au point une opération rapidement. Cependant, il ne s'agissait plus d'une zone industrielle quasi abandonnée comme la nuit précédente. De jour, dans un quartier résidentiel, il fallait prendre des précautions et, pour commencer, obtenir l'aval d'un juge pour perquisitionner s'il trouvait l'appartement idoine ou, encore, une cave intéressante. La police d'État et, surtout, la police métropolitaine devaient être approchées et non plus simplement informées, voire mises devant le fait accompli.

Il s'appuya pour ce faire sur ces deux inspecteurs-chefs dont il s'était rendu compte, entre temps, que leur expérience et leur réputation les rendaient fort bien introduits dans leur « maison » respective. Il s'assura aussi de la collaboration du chef du SICDEA local, tout en rendant compte à Solburg.

Les morts récents, ayant bien malheureusement attiré l'attention de tous, les autorisations arrivèrent rapidement, ainsi que le mandat du juge.

Entre temps, l'opération proprement dite avait été mise sur pied. Le quartier serait verrouillé par la police métropolitaine et deux équipes de six hommes de ses SWAT seraient confiées à Schroeder. Lui-même irait avec son habituelle *task force*. Enfin, il bénéficierait de deux groupes de la PM, soit douze militaires.

L'idée de manœuvre était d'investir simultanément les sous-sols, d'une part, et le rez-de-chaussée et les étages, d'autre part.

À seize heures, le dispositif était en place.

Perquisition…mardi 16h

Les SWAT avaient amené un véhicule de commandement tactique. Schoeder demanda à Felder d'y rester afin de fluidifier les échanges avec la police métropolitaine, notamment les nombreux agents en tenue déployés dans tout le quartier pour le boucler, mais aussi les policiers de la force d'intervention.

L'inspecteur-chef y serait, d'ailleurs, avec deux de leurs officiers. Pour autant, il avait été clairement rappelé que l'opération était sous la responsabilité de la *task force* de circonstance du SICDEA et, donc, le commandement opérationnel du lieutenant-colonel Hank Wilhem Schroeder.

Il décida de mixer les deux colonnes. Les hommes de la PM investiraient les sous-sols avec Clédane et Zledt, et aurait l'indicatif alpha. Lui-même accompagnés de Baxter et Seiller suivraient les SWAT tant au rez-de-chaussée que dans les étages, avec l'indicatif bravo.

À son top, les deux groupes entreprirent leur approche. Il était seize heures trente.

Tandis qu'il voyait l'équipe alpha empruntée la rampe qui permettait aux véhicules de descendre vers les parkings, il entra dans le hall de l'immeuble. Il suivit les premiers SWAT, Baxter, Seiller et les autres policiers d'intervention emboîtant son pas.

Voyant le concierge, éberlué, sortir de sa loge, Baxter se rapprocha de lui pendant que les premières marches des escaliers et l'ascenseur étaient sécurisés. Schroeder et Seiller se mirent, quant à eux, à consulter les boîtes aux lettres. Aucune Paula n'était, cependant, affichée tant en nom qu'en prénom.

Le capitaine demanda au gardien si ce prénom lui disait quelque chose, il répondit par la négative. Schroeder lui demanda, alors, si une nouvelle venue était arrivée récemment. Ils eurent cette fois une réponse positive. Une femme, sans doute moins de quarante ans, sportive, s'était installée en sous-location dans un studio au sixième étage. Mais il avoua ne pas connaître son nom et reconnut avoir été arrangeant sur ce coup-là, le locataire étant un type sans problème et la nouvelle venue étant restée parfaitement discrète.

L'officier supérieur décida de monter directement à l'appartement indiqué avec la première équipe et Seiller. Baxter et les autres eurent pour consigne de faire du porte-à-porte en commençant par les cabinets médicaux. Le commerce avait été discrètement scruté dans l'après-midi, sans qu'il n'y soit rien relevé d'intéressant.

En même temps, Clédane l'informa qu'alpha progressait dans le parking, mais relativement lentement du fait de sa superficie et des voitures stationnées, lesquelles pouvaient être autant de point d'appui à quelque compulsif de la gâchette.

Avec prudence, Schroeder et les autres finirent par arriver à l'étage considéré. Sécurisant le hall, l'accès à l'ascenseur et la cage d'escalier sur sa partie ascendante, ils se rapprochèrent du studio.

Ils frappèrent à la porte sans succès. C'est alors qu'une personne âgée ouvrit à côté. Alors qu'un SWAT était en train de lui demander de rentrer chez elle, Schroeder s'approcha d'elle et se mit à lui parler à voix basse ;

« Bonjour madame ! Nous sommes désolés de ce dérangement, vous connaissez la personne qui vit ici ?

- Oui, Martin, un bien gentil garçon, mais il est musicien et en déplacement en ce moment.

- Il n'y a personne qui se serait installée depuis ?

- …

- N'ayez crainte, madame, mais il faut nous le dire !

- Et bien oui, une dame. Mais vraiment charmante, vous savez. Discrète, fort serviable et polie.

- Paula, c'est cela ? tenta Schroeder ;

- oui ! c'est cela ? Vous la connaissez ?

- Je n'ai pas ce plaisir, mais j'ai hâte que ce soit le cas. Pourriez-vous rentrer chez vous maintenant, s'il vous plait ? ».

La vieille dame obtempéra.

Schroeder ordonna alors aux SWAT d'enfoncer la porte immédiatement.

« Service d'investigation criminelle du département de l'Armée ! Nous avons un mandat. Nous rentrons armés ! Si vous l'êtes, déposez immédiatement la vôtre, nous n'hésiterons pas à faire usage de nos armes ! », cria-t-il au moment même où deux policiers se ruaient dans l'appartement.

L'appartement étant exigu, seul Schroeder et un autre SWAT les suivirent, les autres restant en sécurisation sur le pallier, à la porte et face à l'escalier.

Il n'y avait personne à l'intérieur. Après une rapide inspection de la pièce principale, de la salle d'eau et des toilettes lesquelles étaient séparées, les policiers d'intervention sortirent laissant Shroeder fouiller seul. Seiller vint lui apporter son aide après avoir cherché son approbation dans son regard. Hélant le chef d'équipe qui passa la tête par l'encadrement de ce qui fut la porte, il lui ordonna d'envoyer deux binômes continuer l'inspection des deux derniers étages. Il entendait, dans le même temps, la seconde équipe du SWAT continuer à faire du porte-à-porte aux étages inférieurs.

Il saisit sa radio portative :

« Baxter, vous êtes en bas ?

- Non, mon colonel, je progresse avec quatre hommes, les deux autres sont encore au rez-de-chaussée cependant.

- Ici, on a bien trouvé l'appartement d'une Paula, le 6D ; faites demander au concierge le numéro de la cave associée et transmettez à l'équipe alpha.

- On vous a entendu", intervint alors Felder depuis le véhicule de commandement, "alpha a fini de sécuriser le parking et commence les caves ;

- la 64, précisa une voix inconnue, sans doute un policier en bas.

- On transmet immédiatement ».

Schoeder bouillait ; l'appartement ne comptait qu'un minimum de vêtements et aucun papier, du moins important.

Il recontacta Felder pour demander qu'un portraitiste vienne prendre la déposition de la vieille dame et établisse un portrait de Paula, à défaut de photos.

Seiller qui était repartie lui parler, revint et lui apprit qu'elle avait les cheveux courts colorés en bleue et avait deux piercings à l'oreille gauche et un au nez. Schroeder lui signifia que c'était toujours mieux que rien.

C'est alors que Felder intervint :

« Mon colonel, on vous demande de toute urgence dans la cave ! Ca a l'air d'être quelque chose en bas ! La petite Zledt en était toute excitée ».

Schroeder sentit dans l'intonation de la voix de l'inspecteur-chef quelque chose de paternel.

Il descendit aussi vite qu'il le pouvait au premier sous-sol et arriva au niveau de la fameuse cave. À sa grande surprise, il trouva un rassemblement aggluciné juste devant. En le voyant arriver, les policiers militaires présents s'écartèrent, le laissant seul avec Zledt, Clédane et même Felder qui les avaient également rejoints.

*
* *

Une fois devant l'entrée, il comprit l'agitation générale.

Sur le côté gauche, tout le long du mur, sur une table d'un seul tenant, plusieurs ordinateurs en marche côtoyaient divers autres matériels *high tech* dont un téléphone satellite, des scanners, des brouilleurs d'onde.

Une carte de Hwlasie-occidentale couvrait le mur faisant face à l'entrée, avec un trait rouge barrant un axe sud-ouest/nord-est.

Le long du mur de droite, sur une autre grande table, se trouvait divers documents et trois mallettes que Schroeder reconnut immédiatement comme celles permettant le transport et la sécurisation d'armes de poing. Zledt lui rendit compte que l'une contenait un glock 22, la seconde un beretta, tous deux de calibre 9mm, mais que la dernière était vide et, qu'enfin, un fusil de précision avait été trouvé dans un sac de sport.

« Mais qui c'est cette Paula ? ».

Schroeder était songeur.

Puis il demanda par le biais du véhicule de commandement que des équipes de la police scientifique et technique soient envoyées pour passer au peigne fin l'appartement et, surtout, cette cave. Par la suite, il demanda à Baxter d'interroger de nouveau le concierge pour savoir si Paula possédait une voiture. Cinq minutes après, la réponse fusa : une Ford Escort noire. Des policiers militaires furent chargés de voir si elle était dans le parking ; la même mission fut confiée aux policiers en uniforme de la ville, pour les rues adjacentes.

Le capitaine des SWAT demanda alors s'il pouvait mettre fin à la mission de ces hommes. Schroeder, devant bien admettre qu'il ne trouverait personne sur place, obtempéra. Mais il demanda à l'autre officier de faire maintenir les barrages. Toujours par radio, il intima, cependant, l'ordre à Seiller et Baxter de continuer à poser des questions dans l'immeuble.

Zledt, de son côté, lui montra, cette fois-ci, tout un jeu de téléphones prépayés et plusieurs cartes SIM neuves.

Les techniciens qui, en fait, avaient été prépositionnés non loin, furent sur place vers dix-neuf heures. Il s'agissait, cette fois-ci encore, d'une équipe de la police métropolitaine, composée de son chef un cinquantenaire, plutôt imbus de sa personne, et de deux collaborateurs dont une femme.

Vers vingt-heures, Schroeder, sachant que l'opération serait encore longue et qu'il lui fallait ménager ses équipes, dit à Zledt, Baxter et Clédane de rentrer chez eux, ainsi qu'à un groupe de la PM. Il conserva avec lui Felder, Seiller et le second groupe.

Il resta quelque temps avec eux, puis ressortit prendre l'air à l'extérieur. Se rappelant que le véhicule de commandement du SWAT était parti de concert avec leurs équipes, il avisa un bar/café qui allait rester ouvert jusqu'à une heure du matin. Il fit alors un saut à son véhicule pour récupérer son ordinateur, et alla s'y installer tout en commandant un déca.

Il commença par prendre connaissance des rapports rédigés par la *task-force* de Hwlasbourg. Malheureusement, ceux-ci restaient désespérément sans réponse. Il continua par ses courriels, en se focalisant sur ceux de Cells et de Mills, mais ils n'étaient guère plus engageants à ce stade. Seul élément positif, l'homme abattu, probablement par un de ses compères, était un sportif accompli possédant divers tatouages qui permettraient peut-être de compenser l'identification que son assassin s'était ingénié à rendre impossible. C'était une bonne nouvelle, mais pour l'instant inexploitable à son niveau.

Aussi, il en profita pour jeter un coup d'œil sur sa boîte privée qu'il pouvait également consulter de son ordinateur portable, via un pare-feu.

Il n'y avait rien de particulier ou d'urgent à traiter, juste quelques factures pour son appartement situé dans une résidence militaire dans un quartier suburbain de Solburg qui était, en réalité, une zone à statut militaire servant au logement des familles de soldats et de quelques agents civils.

Ayant opté pour le règlement automatique de ses charges et contrats divers, solution pratique quand on passe beaucoup de temps en déplacement dans tout le pays, ainsi qu'à l'étranger, il les mit de côté et continua.

Un courriel de France attira alors son attention. Il venait d'un couple, Thomas et Naura, rencontré deux ans auparavant, lors des évènements tragiques de Lipsé. En réalité, pour être tout-à-fait exact, il connaissait Thomas depuis bien plus longtemps.

Il se mit en tête de le lire sans plus attendre, mais ce fut l'instant que choisit le chef de l'équipe technique pour lui rendre compte qu'ils rapportaient tout le matériel saisi et les différents relevés dans leurs laboratoires.

Il promit sur un ton assez condescendant qu'il ne manquerait pas de lui transmettre les premiers résultats dès le lendemain midi.

Cependant, il était déjà en mesure de lui dire que les trois armes trouvées, les deux pistolets et le fusil de précision, n'avaient pas servi récemment et que celle manquante n'était pas un 9 mm, mais un 6,62. L'empreinte dans la mousse de protection de la mallette le démontrait sans aucun doute possible. Il fit remarquer, sur son ton toujours hautain, qu'il s'agissait de points que n'importe quel bon agent n'aurait pas manquer de relever.

Schroeder prit sur lui, resta poli et le remercia.

L'autre allait pour retourner à sa camionnette quand il lui précisa que le portraitiste demandé ne pourrait venir que le lendemain, le commissariat central n'ayant pu en dépêcher dans la soirée

Hochant la tête, Schroeder se fit alors la réflexion que les armes ne pouvaient donc être celles utilisées contre Duvall ou le tireur exécuté.

Il vit les trois techniciens monter dans leur camionnette de gamme commerciale, blanche, sérigraphiée *police métropolitaine* et prendre la route vers leur quartier général.

Regardant l'heure, Schroeder vit qu'il était déjà vingt-deux heures passées. Felder et Seiller le rejoignirent à leur tour pour demander quelles étaient ses consignes. Il leur dit de signifier à quatre policiers militaires de rester surveiller, par binôme, l'appartement et la cave, les deux derniers pouvant rejoindre leur casernement. Il s'enquit auprès de l'inspecteur-chef de la police métropolitaine s'il était possible que des policiers en tenue puissent les relayer à partir de six heures du matin, et ce, jusqu'à ordre contraire de sa part.

Enfin, il les invita tous deux à rentrer chez eux, à leur tour.

Ils répondirent qu'ils prendraient bien, eux aussi, un déca avant de s'en aller. Constatant que sa tasse était vide, l'officier supérieur en recommanda un, également.

Ils devisèrent tranquillement, échangeant quelques plaisanteries, racontant quelques anecdotes de leurs carrières.

Lorsque le cinquantenaire au surpoids se leva et alla pour prendre congé, la capitaine lui demanda s'il pouvait la ramener, chez elle, dans la banlieue est. Baxter était parti dans le véhicule avec lequel ils étaient venus tous les deux.

Felder répondit que ce serait avec plaisir et ils prirent donc la route ensemble, non sans que l'inspecteur-chef n'aide la jeune femme à monter dans la voiture avec une obséquiosité feinte, réellement très distrayante, se dit Schroeder en lui-même.

Il alla alors reprendre la lecture interrompue du courriel de Thomas, mais finalement il se dit qu'il valait mieux rédiger son rapport préliminaire tant que ses souvenirs étaient frais.

Il avait presque fini de le rédiger quand il entendit crépiter en direction de Lembourg de multiples coups de feu, qu'il reconnut immédiatement, comme ceux d'armes semi-automatiques.

Pratiquement en même temps, il entendit une voix, angoissée, demander de l'aide. Il ne reconnut, pas la voix, mais l'interlocutrice se présenta comme une des scientifiques partis un peu plus tôt.

Il se précipita dans son véhicule, non sans laisser un billet sur la table pour payer les consommations.

ACTE 4 : MERCREDI

Regarde intensément l'avenir, sans omettre le passé : tu es ce que tu as été, tu seras ce que tu deviendras.

Proverbe cestrien

Guet-apens… mercredi 1h

Le chef de l'équipe de police scientifique et technique avait quitté Schroeder vers minuit quinze et rejoint son équipe.

Ils utilisèrent les trois places qu'il y avait dans la cabine de la camionnette, lui, prenant la plus à droite pendant que sa collaboratrice se mettait au milieu.

« J'aurai pu prendre le volant, tu sembles crever Lewis ; en plus, tu étais, déjà, d'astreinte la nuit dernière !

- Tu es gentille, ça ira, Lyne, répondit celui-ci en jetant un regard en coin à leur chef.

- Tu n'y penses pas ! Femme au volant, la mort au tournant ! Et puis la nuit, ça ne convient pas aux femmes ».

Elle haussa les épaules et ne releva même pas. Elle avait droit à un florilège de propos sexistes et d'imbécillités à chaque fois qu'elle travaillait avec ce chef d'équipe. Et malgré ses remarques, voire ses mises en garde, cela ne changeait rien. Plus généralement, sa réputation machiste n'était plus à faire dans toute la police métropolitaine.

Avec suffisance, il reprit :

« Vous auriez dû voir comme je l'ai mouché ce soldat de mes deux !

- Schroeder semble une pointure, pourtant, d'après ce que j'ai entendu ici ou là.

- Pff ! Ces gens du Principat sont tous des je-sais-tout, imbus de leur personne ».

Ces deux adjoints s'échangèrent un regard en coin, goguenard.

« Il n'est pas originaire de là-bas, c'est un militaire : il y est juste affecté. Il serait même estrien.

-Et alors ? Quelle différence ! C'est bien une remarque de bonne femme ! Dès qu'elles voient un uniforme, elles se pâment. Ce n'est pas Top gun non plus ! Mais qu'est-ce qu'il fout celui-là encore ?

- C'est une jeune femme. Elle a l'air d'être en panne ».

La camionnette avait quitté le centre-ville et avait pris la direction sud, vers l'immeuble dans lequel se trouvaient l'institut médico-légal et leurs laboratoires. Il se trouvait, de fait, assez proche du bâtiment plus récent de la police d'État qui hébergeait les services équivalents. C'était, d'ailleurs, là encore, un sujet de remarques acerbes de leur chef d'équipe.

Ils venaient d'emprunter une grande artère à deux fois deux voies, avec séparateur central, dans une zone commerciale avec de nombreux parkings, mais déserte en pleine nuit.

Une berline, le capot du moteur relevé, était arrêtée sur la voie de droite, une femme d'une trentaine d'années, cheveux courts, leur faisant de grands signes.

Lewis arrêta leur véhicule à quelques mètres.

« Continue, je ne la sens pas, fit Lyne, observant la conductrice, chaussée de rangers, en pantalon de treillis et sweat.

- Ne l'écoute pas Lewis, c'est encore une nana qui n'y connaît rien en mécanique.

- Espèce de con, je te dis que ce n'est pas normal ! Redémarre Lewis, fonce ! ».

Ce dernier regarda son chef, cherchant ce qu'il devait faire quand il entendit le vrombissement de deux voitures.

Un premier 4/4 arriva et se mit en travers de la route, derrière la berline, pendant qu'un second fit de même derrière eux, freinant dans un crissement de pneus. De chacun d'entre eux, jaillirent, littéralement, quatre hommes et femmes sur armés.

Le chef d'équipe prit un pistolet qui était dans la boite à gant et sortit de la camionnette. Il s'approcha de la conductrice en lui criant de se mettre à l'abri.

« Mais, ce n'est pas possible ! Qu'est-ce qu'il est con ! Il va nous faire descendre ! Lewis, suis-moi, cours ! ».

La technicienne se rua hors de leur utilitaire et se mit à courir vers le bâtiment le plus proche. Elle entendit alors le claquement sec de deux tirs de pistolet, puis un premier crépitement d'armes semi-automatique, suivi bientôt d'un deuxième.

Elle eut le sentiment que des balles l'avaient effleuré. Désespérant d'arriver jusqu'à la construction, elle avisa des blocs de béton qui servaient à la fois de vastes bacs à fleurs et de moyen de stopper les camions. Elle plongea littéralement derrière.

Bien que morte de peur, elle jeta un coup d'œil pour jauger la situation.

*
* *

Alors qu'elle jaillissait de la camionnette, son chef d'équipe s'était rapproché de la conductrice. Il n'eut que le temps de la voir brandir un 9mm avant de se prendre deux impacts dans le cœur et les poumons. Il s'affaissa immédiatement sur la chaussée.

Deux des nouveaux-venus du 4/4 de tête avisèrent Lewis qui, littéralement figé par la peur, était resté dans la camionnette. Ils levèrent leur semi-automatique vers lui et se mirent à cribler la cabine. Les voyant le menacer, il avait, alors, enfin amorcé un mouvement pour sortir, mais c'était trop tard. Son corps secoué par une multitude d'impacts s'affaissa, moitié sur la banquette, moitié par terre.

Voyant Lyne courir à ce moment-là, la conductrice avait apostrophé ceux qui étaient sortis du véhicule de derrière, tout en la désignant :

« Merde, mais qu'est-ce que vous attendez ! Abattez-la immédiatement ! ».

Alors que deux d'entre eux se postaient pour s'assurer que personne n'arrivait, les deux autres se mirent à lui tirer dessus. C'était le second crépitement qu'elle avait entendu, ainsi que les balles qui l'avaient effectivement encadrée de près.

Lorsqu'elle se mit à l'abri derrière son long bloc de béton, ils commencèrent à avancer vers elle, tout en reprenant leur tir.

C'était à ce moment que Lyne avait jeté son coup d'œil, voyant le corps de son chef allongé sur l'asphalte.

Il baignait maintenant dans une mare de sang et, à deux mètres de lui environ, leur camionnette était, littéralement, défigurée par la multitude de balles l'ayant touché à l'avant.

Se rappelant qu'elle portait une radio sur elle, elle lança un appel au secours. Celui que Schroeder avait entendu.

Prenant sur elle, elle jeta de nouveau un coup d'œil. Deux tireurs progressaient, un homme et une femme, revêtus d'une combinaison noire avec gilet d'assaut. C'était la tenue que portait également les six autres mercenaires.

Elle avisa le bâtiment qu'elle avait espéré initialement atteindre.

Elle était à mi-chemin entre la route et lui, mais avec la progression des tueurs et leurs rafales incessantes, il devenait inatteignable. C'est alors qu'elle entendit une voiture arrivée.

*
* *

Il s'agissait des deux policiers militaires que Schroeder avait renvoyés se reposer et qui empruntaient la même route, tout au moins sur le début de leur parcours.

Ils avaient bien entendu les tirs, sans pour autant comprendre exactement ce qui se passait. Ils se retrouvèrent littéralement nez-à-nez avec les deux hommes du second 4/4, postés en flanc garde sur la route.

Le conducteur n'eut que le temps de braquer le volant quand il vit les armes se dresser vers eux. Donnant instinctivement un coup de volant, il quitta la route par la droite, l'autre côté étant bloqué par le séparateur central.

De fait, involontairement, il prit la direction du bâtiment qu'avait vu Lyne. Avec la vitesse, et comme il se baissait pour éviter les tirs, il ne put éviter un autre bac à fleur, à droite de celui où s'était blottie la technicienne.

Les deux militaires s'avisèrent, alors, de s'extraire de leur voiture par le côté passager. L'un resta protégé par celle-ci, tandis que l'autre se postait derrière le bloc de béton.

Ils purent, alors, se mettre à riposter sur les assaillants du second 4/4 qui se donnaient le mot pour leur tirer dessus.

« Ça va madame ? » fit le policier derrière le bac à fleur à Lyne, située à deux mètres derrière le sien. Elle le regarda, angoissée, mais eu le courage de dire oui.

Malheureusement, les deux militaires, dans la précipitation et, surtout, sous les tirs, n'avaient pu récupérer leurs propres semi-automatiques et devaient se contenter de leur glock 17.

C'est alors qu'ils entendirent un second tir de barrage.

Il s'agissait de ceux du premier 4/4 dont deux d'entre eux fouillaient la camionnette sous les invectives, plus que les ordres, de la conductrice, mais dont deux autres s'étaient aussi mis en flanc garde.

Un véhicule de patrouille de la police métropolitaine venait d'arriver sur les lieux. Il avait essuyé, immédiatement, un tir de rafales de ces derniers. Un des deux nouveaux venus réussit à se mettre à l'abri derrière la voiture, puis entreprendre un tir de riposte, mais son coéquipier, le conducteur, grièvement blessé était resté au volant.

Bien qu'au bac à fleur, un des militaires avait pu avoir un de leurs agresseurs, la situation globale n'était pas plus favorable. Il fut, d'ailleurs, à son tour touché, à ce moment-là, mais heureusement sans gravité.

Ils continuèrent à gagner quelques précieuses minutes en d'utilisant leur pistolet de nouveau, mais malheureusement leurs munitions étaient comptées.

Pour autant, ce fut le temps suffisant pour permettre l'arrivée de Felder et Seiller.

À la fois mis en garde par les multiples tirs et l'appel radio de Lyne, ils avaient été en mesure de mieux anticiper ce qui les attendait.

Ils se postèrent, dès qu'ils le purent, en appui du véhicule de la police militaire et récupèrent les deux fusils semi-automatiques qui étaient dans le coffre.

Au loin, mais clairement se rapprochant, on pouvait entendre les deux tons de voitures de police se rapprocher.

Les trois derniers tireurs tentèrent de se replier sur leur véhicule, mais l'avantage était maintenant aux policiers protégés par les blocs de béton ou leurs voitures, alors que les tueurs se trouvaient en terrain découvert.

Malheureusement, au niveau de l'autre 4/4, le second patrouilleur avait fini par être tué non sans avoir réussi à abattre un de ses agresseurs.

*
* *

C'est à ce moment-là que la conductrice qui semblait être leur chef, ordonna de décrocher. Elle intima à l'un de ses équipiers de monter au volant de la camionnette pourtant en bien piteux état.

Laissant son propre véhicule, elle se rua dans le premier 4/4 qui démarra, suivit de la camionnette, laissant derrière eux celui qui avait été tué par le policier. Contournant la voiture de patrouille, ils accélérèrent immédiatement quittant aussi vite que possible les lieux.

La seconde équipe tenta de faire pareil, mais le tir puissant des armes de Felder et Seiller permit d'en laisser un second sur le carreau. Sans se soucier de lui, les deux derniers s'engouffrèrent dans leur véhicule et voulurent démarrer.

C'est à ce moment-là que, sans bien comprendre ce qui se passait, les policiers militaires, la technicienne et les deux compères de la *task force*, entendirent le rugissement d'une voiture, puis un bruit assourdissant de tôles froissées.

Arrivant sur place à très vive allure, Schroeder, misant sur les airbags de sa voiture, avait décidé de s'encastrer volontairement dans le 4/4 qui était encore en travers de la route.

Sous la violence du choc, ce dernier véhicule se coucha, malgré son poids, du côté conducteur, tuant net le passager.

Seiller et un des policiers militaires se précipitèrent vers le véhicule de leur chef pour l'en extirper un peu groggy.

Felder alla voir le conducteur du 4/4, vivant, mais visiblement inconscient. Le second policier militaire, bien que blessé, se portait vers la voiture de patrouille, ne pouvant cependant que constater le décès de ses deux occupants.

Lyne fit alors remarquer à la capitaine qu'elle était elle-même blessée, sans doute par un éclat. L'officier, prise dans l'action, ne s'en était même pas rendu compte.

Dix minutes plus tard, cette partie de la quatre voies, menant du centre-ville de Lembourg à ses faubourgs, était littéralement éclairée par des dizaines de voitures de police, de secours, puis bientôt les dépanneuses, toutes ayant à la fois leurs feux allumés et leurs gyrophares en marche.

D'ici à la fin de la nuit, les camionnettes des instituts médicaux-légaux et de la police scientifique et technique n'allaient pas tarder, ajoutant, également, à ce balai incessant.

Suites et enseignements… mercredi 8h30

Schoeder, Seiller et le policier militaire blessé avaient été évacués sur l'hôpital de l'armée de Hwlasie-occidentale, installé sur le complexe militaire près de l'aéroport de Lembourg, dans sa banlieue est.

Les deux derniers purent sortir assez rapidement, mais le lieutenant-colonel avait été gardé plus longtemps en observation. Tout colosse qu'il soit, et quelque fut sa condition physique, le choc avait été particulièrement violent.

Il sortit à son tour vers sept heures du matin, avec une bonne migraine et une ordonnance. En revanche, alors que les médecins lui avaient dit de rentrer chez lui et de se reposer, il voulut se rendre au bureau local du SICDEA.

Avisant un jeune interne qui venait de finir son service, il lui demanda s'il résidait ici ou en ville. La réponse étant dans le centre, il s'enquit de savoir s'il pouvait le conduire sur son lieu de travail. L'autre tiqua un peu en voyant le haut de la tête du colosse enserré dans un large pansement, mais, finit cependant par accepter.

Arrivé vers sept heures quarante sur place, les lieux étaient presque déserts. Il se dirigea vers la salle de réunion qu'ils avaient l'habitude d'utiliser. Il s'assit et prit un peu ses aises, se demandant s'il n'aurait, toutefois, pas dû écouter les consignes des médecins.

Le colonel Strucker, qui arriva quelques minutes après, le vit et lui proposa de prendre un café dans son bureau. Ce dernier comprenait un petit coin salon avec une table basse, un canapé et deux fauteuils assortis.

« Alors, Hank, dure soirée ? ».

En réalité, ce n'était pas tant une question qu'une affirmation que lui fit le directeur local tout en lui servant la boisson chaude.

« À qui, le dis-tu, Zander ! Combien de morts et de blessés au total ?

— Sucre ? lait ? Deux policiers métropolitains et deux techniciens, eux-aussi de chez eux, morts. Une troisième traumatisée, même si honnêtement, elle s'est remarquablement comportée. Seiller et un policier militaire, Ztelknik, blessés heureusement sans gravité ».

Répondant à la réponse de son interlocuteur faite d'un mouvement de tête, il versa un peu de lait dans son café, puis reprit : « Quatre assaillants tués, un blessé, mais heureusement, entre nos mains et quatre en fuite. J'ai eu les chefs de la police d'État et de la police métropolitaine au téléphone, cette nuit. Puis, les huiles de Solburg. Cette affaire commence à faire parler d'elle, avec sa liste de morts qui s'allongent.

— Il faut dire qu'au moins dix hommes ou femmes si on compte celui qu'on avait retrouvé la tête en compote ; des méthodes commandos, des armes de guerre, les assassinats de sang-froid, y compris chez eux et le culot d'attaquer un de nos véhicules, on est, là, dans un registre que nous n'avions clairement pas imaginé. J'allais oublier la fameuse Paula.

— Justement, elle, qui est-elle ? Un autre membre de ce gang ? La vendeuse ou l'acheteuse avec qui ils seraient en conflit ? Sachant qu'on ne sait pas, d'ailleurs, si, eux, sont l'un ou l'autre. Ou encore la représentante d'un gang rival ?

— Franchement, je n'en sais rien. Merci pour le café, il est fameux, avantage d'être devenu le patron d'un bureau local ! Et bientôt la première étoile ? ».

Strucker sourit, mais fit un geste évasif.

« J'ai cependant une question qui me taraude, reprit Schroeder ;
- Une seule ? fit son hôte, en esquissant un large sourire. Ah ! Clédane, entrez, entrez ! Prenez l'autre fauteuil. Un café ?
- ça va, mon colonel ? ", Fit-il à Schroeder, puis à son hôte, "oui merci, sans sucre, sans lait, c'est parfait.
- Oui, merci, Thomas ; un peu sonné encore et le dos douloureux. Cela m'apprendra à jouer Superman !
- Mais alors cette question ? Celle qui te taraude ?
- Pourquoi cet assaut et surtout la manière dont elle a été menée ? Pourquoi avoir volé la camionnette ?
- Pour savoir où nous en étions ?
- Ce n'est pas logique. A cette heure-là, il ne s'agissait que d'éléments encore inexploités ou pas suffisamment. Le plus logique aurait été de les détruire, si on voulait nous ralentir significativement.
- Pas faux. D'autant qu'avant notre descente, on ne savait pas grand-chose. Détruire ces éléments nous aurait ramenés à ce pas grand-chose, fit Clédane songeur.
- Et cela aurait pu être fait plus simplement. Je suis persuadé qu'ils ont des lance-roquettes au vu de leurs méthodes. Cela aurait été plus rapide, moins couteux en hommes et tout serait parti en fumée en une minute.

Mais supposons qu'ils aient quand même voulu voir ce que nous avions récupéré ou récupérer leurs biens. Lorsque tout est partie en sucette, pourquoi ne pas avoir tout détruit de deux ou trois grenades ?

Pourquoi s'emmerder à voler une camionnette à moitié détruite et particulièrement repérable ?
- J'ai l'impression que tu as ton idée !
- Oui, mon vieux Zander, oui ! Ils en avaient besoin pour les mêmes raisons que nous, du moins en partie.

- Sois plus clair !

- Ils ne pouvaient être intéressés par ce que nous, nous, espérions apprendre du style : quelles armes, pour qui, par qui, puisque ce sont les premiers concernés.

Mais, en même temps, nous ne recherchions pas que cela lors de cette descente.

Nous espérions en découvrir plus sur cette fameuse Paula, savoir qui elle est, ce qu'elle sait, de quel côté elle se situe.

- Et vous pensez que c'est ce qu'ils recherchaient aussi alors, fit Clédane, songeur.

- Cela expliquerait pourquoi ils ont tenu à tout récupérer. Mais, peut-être aussi, ce qui est arrivé à Duvall. Imaginer : Paula, quelle que soit la raison, lui donne le tuyau du hangar ; il vérifie et ils tombent sur lui, mais par hasard et non parce qu'elle l'a envoyé dans un piège. Dans le cas d'un coup monté, il aurait été plus pertinent de choisir un lieu où ils n'avaient pas leurs marchandises. Marchandises que, visiblement, ils ont dû déménager à la hâte plusieurs fois.

- Le hangar, le centre de contrôle automobile, …

- Supposez que vous imaginez avoir une taupe ou un rival qui rencarde les autres, vous ne feriez pas tout pour le pincer ?

- Moralité, il devient encore plus urgent de mettre la main sur cette Paula. Ah ! Le reste de ton équipe est là. Je te laisse fouiller dans cette voie ; je m'occupe de Hlawsbourg et Solburg. Je sais que les comptes-rendus formels, ce n'est pas ton fort. Il y a longtemps que tu aurais eu ton bureau local et le grade qui va avec sinon… ».

Ils échangèrent une longue poignée de main que Clédane reconnut comme plus amicale qu'urbaine.

Il emboita alors les pas du colosse qui se dirigea de nouveau vers la salle de réunion où se trouvait Seiller, le bras en écharpe, Felder, Zledt, Cells et Mills.

*
* *

Ils échangèrent quelques banalités autour de la thermos de café qu'une âme, aussi bien attentionnée que discrète, recomplétait régulièrement.

Schroeder prit des nouvelles de la capitaine qui lui confirma que, dès le lendemain, elle pourrait se passer de sa gouttière et, qu'en tout état de cause, cela ne l'empêchait pas d'utiliser son arme de service, ce qui, malheureusement, semblait désormais une nécessité absolue.

Tout en leur proposant de s'installer, il se fit la remarque que l'inspecteur-chef de la police métropolitaine avait pris un coup de vieux en une nuit. Il savait que cela pouvait arriver à un homme ou une femme qui avait pensé sa dernière heure venue.

Il se fit alors la remarque qu'il irait prendre des nouvelles de la technicienne du service scientifique et technique de la police métropolitaine. Après avoir vu ses collègues être assassinés et imaginer sa propre mort comme inéluctable, elle aurait, sans nul doute possible, besoin d'un solide soutien psychologique.

Ils s'installèrent, chacun reprenant presque naturellement la même place que les fois précédentes. Il y aurait eu des chevalets à leurs noms tout autour de la table, ils n'auraient pas fait mieux. La force de l'habitude et des gestes réflexes.

Schoeder leur fit part de sa réflexion quant à l'explication de l'assaut et du rôle de Paula. Tous reconnurent que cela était parfaitement plausible.

Le commandant Mills précisa qu'il allait se mettre en rapport avec la police métropolitaine pour avoir les images vidéos du quartier où se trouvait son appartement : une femme avec des cheveux bleus et des piercings, cela ne devrait pas passer inaperçu.

Zledt précisa qu'un portraitiste devait aller voir la voisine âgée dans la matinée. Le lieutenant-colonel lui demanda de voir si elle pouvait s'assurer que ce soit le cas sans délai. Elle opina de la tête.

Il demanda alors si le prisonnier avait parlé. Clédane répondit que, malheureusement, pour le moment, il était toujours dans le coma. Il y eut en retour un juron appuyé.

C'est alors qu'un adjudant-chef en tenue frappa à la porte vitrée de la salle de réunion. Mills, précisant que c'était un de ses analystes, s'excusa et sortit deux minutes. Il rentra, dès que le sous-officier fut reparti, visiblement excité.

« Nous avons l'identité des quatre hommes et de la femme, que ce soit notre belle au bois dormant à l'hôpital ou des quatre restés sur le tapis lors de l'assaut. Aucun n'est fiché au banditisme, mais tous sont connus comme des mercenaires. Et tous des anciens des milices de Sodal ».

Tous restèrent sans voix.

« C'est quoi cette embrouille ? Ils ont des liens avec les provinces en rébellion ?

- Honnêtement, on n'en sait rien, mon colonel. En tout cas, on ne pourra remonter par la piste des sociétés de *contractors* qui les ont employées jusque-là. Ce ne sont que des contrats à durée déterminée, pas de vrais salariés. Ces boites n'ont pas d'idéologie, si ce n'est celle du dollar ou de l'euro.

- N'empêche, il faut quand même remonter la piste de l'argent pour les dernières missions connues de ces cinq individus. Cela pourra peut-être permettre de savoir qui a payé ses entreprises pour pouvoir bénéficier de leur savoir-faire. Il nous faut aussi trouver l'identité de la femme, celle qui a arrêté les techniciens. Les comptes rendus préliminaires semblent tous là présenter comme celle qui donnait les ordres sur place.

- Ou tu as pris le temps de les lire, Hank ?

- Je les ai survolés sur mon smartphone de service, avant la venue de Zander, Stéphanie. On pourrait sûrement envoyer un portraitiste à la technicienne qui a survécu.

Vous pensez que la police métropolitaine en a un second disponible ou il nous faut attendre le retour de celui qui va se rendre à l'appartement ?

Ou encore faire appel à la police d'État ? Car je ne crois pas qu'il y en ait au tableau d'effectif d'un bureau local ».

Cells opina de la tête. Schroeder vit que Zledt aurait aimé intervenir, mais n'osait visiblement pas le faire.

« Oui ? Zledt ?

- Et bien ! Je me débrouille pas mal en dessin et j'ai suivi une formation sur les bases du portrait, il y a deux ans, dans le cadre des actions de formation. Je pourrais peut-être essayer ?

- Heidi, à un sacré coup de crayon, je vous le confirme.

- Cela ne coûte rien de tenter le coup et je voulais aller la voir de toute manière. Lyne, Lyne Zarept, je crois.

En attendant, il faut réactiver tous les réseaux d'indics, investir dans la cyberanalyse, car là, nous ne sommes plus dans le même standard de criminels.

Je crains que ce soit plus compliqué qu'un simple trafic d'armes et je suis convaincu que le matériel ne se borne pas à quelques simples pistolets ou fusils d'assaut de contrebandes.

Mills, demandez l'aide du bureau principal et, également, du bureau central, on ne peut lésiner sur les moyens.

Mais l'urgence reste bien de trouver l'identité de Paula et de lui, mettre la main dessus. Elle a une partie des clés de l'enquête, voire toutes, qu'elle soit impliquée directement ou indirectement.

En attendant, comme l'identification de la tueuse de la quatre voies peut aussi aider, et que je n'ai rien d'autre à faire malheureusement pour le moment, je fonce avec Zledt voir Lyne Zarept !

- Le plus urgent, ne serait-il pas que tu récupères ?

- Je vais me laisser conduire, Stéphanie, répondit le colosse en riant. Cela va me reposer et, de toute manière, je n'ai plus de véhicule. D'ailleurs, tu peux voir avec votre section logistique pour m'en faire attribuer un autre ?

- Je m'en occupe ; je crois que ton ordi qui était dans la voiture a aussi morflé. Si les techs ne peuvent pas le récupérer, on t'en attribuera un nouveau. Zander enverra la facture à Solburg, conclut Cells en riant.

- Ils apprécieront, répondit-il en riant. On y va, Heidi ! ».

Hank Willhem Schroeder et Heidi Zledt quittèrent le bureau laissant les autres à leurs différentes missions.

Seule Cells, qui le connaissait de longue date, releva la familiarité qui avait conclu l'échange et qui n'était pas du tout dans son style.

Où mènent les portraits… mercredi midi

Avant de quitter le bâtiment, Schroeder prit cependant un des cachets qu'on lui avait donné à son départ de l'hôpital. Ce n'était en fait que du paracétamol, dosé à un gramme.

Ils montèrent ensuite dans la Dacia Duster de couleur orange de l'inspectrice adjointe. C'était son véhicule personnel. Elle avait sollicité et eu l'autorisation, en bonne et due forme, de pouvoir l'utiliser pour le service. Cela permettait de faire monter une radio et d'avoir un deux tons et un gyrophare par le biais des services techniques de la police métropolitaine.

Elle allait démarrer quand il lui demanda si elle pouvait faire une étape au cercle. Il désirait se doucher et se changer, ce qu'il n'avait pas encore fait, puisqu'il était venu directement de l'hôpital.

Elle accepta naturellement et quelques minutes plus tard, ils étaient garés sur le parking de l'établissement. Le bar étant ouvert, il lui proposa de lui payer un café pendant qu'il se préparait dans sa chambre. Elle pensa refuser, puis finalement accepta la proposition, un peu curieuse de voir, de l'intérieur, un cercle militaire, qui plus est, dans le cas présent, un cercle officiers.

Ils entrèrent, il présenta à l'accueil sa carte professionnelle, puis entrèrent dans le bar. On pouvait y voir deux zones, la plus grande avec des tables et des chaises assez simples somme toute, une autre plus petite, cosy, avec des petites banquettes, des fauteuils assorties et des tables en bois assortis.

Il lui demanda ce qu'elle désirait et elle répondit une noisette, un expresso avec lait, il la félicita de son choix et passa la commande. Il lui proposa de s'assoir, précisant que le barman lui apporterait la boisson. Il s'excusa et s'éclipsa pour monter dans sa chambre.

Il retira le bandage, fit ses ablutions, puis s'habilla. Il dut bien admettre qu'ôter et mettre des vêtements lui étaient bien plus pénibles qu'il ne voulait se l'avouer. Il remit à sa ceinture son glock modifié par la manufacture d'armes du Principat, mais prit aussi son arme d'appoint, un 6,62, qu'il mit à sa cheville. Il ne l'avait pas pris jusqu'à présent, mais la situation lui paraissait maintenant nettement plus dangereuse.

Il descendit, repassa par le bar où Zledt avait fini sa noisette et il lui proposa de reprendre la route, en s'excusant, de nouveau, de ce détour.

Elle lui précisa qu'elle en avait profité pour s'assurer par téléphone que le portraitiste était bien sur le coup et le central lui avait précisé qu'il était même à l'appartement depuis une heure environ.

Il la remercia et ils prirent la route du bâtiment de la police scientifique et technique et des services médicaux légaux de la police métropolitaine. Ils avaient, en effet, appris que Lyne Zarept qui y avait été amenée, initialement, pour qu'on pratique sur elle des relevés, avait finalement préféré y rester. Sans doute, se sentait-elle en sécurité dans un endroit plein de policiers, d'une part, et voulait-elle éviter de tourner en rond chez elle, d'autre part.

La route ne fut pas longue, mais il eut le temps d'apprécier la conduite souple de la jeune femme, sur fond d'une playlist pop agréable. Il ne put s'empêcher de penser qu'émanait de cette jeune femme rousse une douceur tout-à-fait apaisante.

*
* *

Lyne Zarept les reçut courtoisement, mais sans chaleur excessive, encore sous le coup de ce qui était arrivé. Elle sembla, cependant, se détendre un peu quand elle comprit que Schroeder était le conducteur qui avait percuté le 4/4 des tueurs. Elle le remercia vivement de son acte courageux, quoique sans doute téméraire. Elle lui fit même remarquer qu'il aurait sans doute été plus judicieux qu'il se repose après le choc physique reçut. Il sourit en se disant que c'était un peu l'hôpital qui se moquait de la charité.

Elle relata, sans doute, pour la énième fois les événements tels qu'elle les avait vus et entendus.

Il apparut qu'elle avait un souvenir extrêmement précis de la conductrice qui avait tué son chef d'équipe. Brune, cheveux raides, peau mate, yeux verts, mesurant environ un mètre soixante-douze.

Voyant l'air surpris de ses interlocuteurs devant une estimation aussi précise, elle leur dit qu'elle connaissait la marque du véhicule près duquel elle se trouvait et qu'elle pouvait faire une extrapolation de sa taille à partir de la hauteur du toit et de la distance à laquelle elle s'en tenait.

Déformation professionnelle, ajouta-t-elle avec un faible sourire.

Elle continua en disant que l'intéressée était très musclée et que, bien que paraissant relativement fine, elle devait bien peser soixante-cinq à soixante—dix kilos de ce fait.

Elle avait un accent ni hwlasien, ni estrien, mais probablement plutôt cestrien.

Schroeder commença à se dire en son for intérieur que cela faisait beaucoup de référence à la Cestrie, si on y rajoutait des mercenaires, anciens du mouvement sodaliste.

Il lui dit alors quelques propos réconfortants et lui conseilla de prendre contact avec une cellule psychologique. Elle le remercia, précisant que c'était également ce que sa hiérarchie lui avait recommandé. Il reprit d'une voix douce, posée, qu'il n'en doutait pas, mais qu'il savait, de part, sa propre expérience que c'était un conseil qu'on pouvait avoir tendance à repousser, voire négliger, consciemment ou non. En la regardant droit dans les yeux, il lui souffla, qu'en l'occurrence, elle ne devrait pas commettre la même erreur que lui.

Zledt ne dit rien, mais fut surprise du côté très humain, empathique, qu'il dégagea à cet instant- là. Même s'il n'avait jamais été désagréable dans ses mots ou gestes depuis son arrivée, il était toujours resté légèrement distant, sans doute sous couvert d'une approche très professionnelle du métier et des relations humaines qui en découlaient. En somme, c'était un autre Hank Wilhem Schroeder qu'elle découvrait à cette occasion.

Il les laissa commencer établir le portrait et alla voir ce qu'il pouvait avoir comme informations directement sur place.

Alors qu'il les quittait, Lyne lui dit :

« Vous savez, Karl, le chef d'équipe, il était machiste, misogyne, xénophobe et chauvin, très con au total, mais il ne méritait certainement pas cela ».

Il alla au service de la balistique dans un premier temps.

On lui confirma l'utilisation d'armes de guerre, de calibre 5,62. Il s'agissait donc d'armes de contrebande et non pas volées dans les arsenaux, celles-ci étant toutes en 5,56. De même, ce n'étaient pas des armes au standard OTAN, donc elles n'étaient, sans doute, ni américaines, ni européennes. Ces dernières étaient pourtant plus prisées et recherchées, mais aussi plus difficiles à obtenir et, donc, nettement plus chères au marché noir.

En revanche, la consommation de munitions avait été proprement ahurissante, ce qui laissait penser que l'approvisionnement pour tout ce qui avait trait au 5,62, lui, n'était pas un souci.

Ce « canardage » témoignait, cependant, que ces mercenaires n'étaient pas non plus des professionnels de tout premier rang. Peut-être d'anciens militaires, certes, mais pas issus des forces spéciales de l'Armée ou de la Marine.

Un des experts fit remarquer que cela ne s'appliquait probablement pas à celle que tous considéraient comme la cheffe d'équipe. Ces deux tirs avaient été mortels.

Schroeder aurait, certes, pu rétorquer que ceux-ci ayant été faits à courte distance sur une cible, armée, mais au demeurant franchement peu dangereuse, cela restait un avis à étayer. Pourtant, il eut, intuitivement la sensation que la remarque était exacte.

Les vêtements des mercenaires tués ou de celui dans le coma n'apportaient rien de plus : de bonne qualité, d'origine hwlasienne pour le coup, sans doute hwlasie-orientale. Ce dernier point rappelait, en revanche, le début de son enquête.

Évidemment, aucun papier n'avait été retrouvé, y compris dans la voiture accidentée ou la berline abandonnée. Le GPS de série sur le 4/4 n'avait pas été utilisé. Cinq portables prépayés étaient en train d'être analysés, mais utilisant des messageries cryptées cela prendrait un peu de temps.

En revanche, si la berline familiale avait un réservoir à moitié vide, celui de l'autre voiture était plein ou, presque, ce qui laissait à penser qu'ils avaient dû se rendre dans une station-service, sauf à disposer de nourrices dans le ou leurs repères.

Schroeder appela immédiatement Felder pour que la police métropolitaine effectue une recherche dans les stations de la ville et de la proche banlieue.

Zledt vint alors le chercher avec son bloc papier ; un portrait très réaliste au crayon mine y apparaissait. Elle lui dit que la technicienne avait été formelle, c'était là, trait pour trait, le visage de l'inconnue.

Elle alla dans un bureau le scanner et l'envoyer au bureau local du SICDEA et aux commandements des polices d'État et métropolitaine.

Comme il était près de midi et qu'il n'avait pas pris de petit déjeuner, il lui proposa d'aller manger. Elle accepta de bon cœur et ils se rendirent à la cafétéria administrative qui se trouvait au rez-de-chaussée du bâtiment.

*
* *

Bien qu'il fût encore tôt, il y avait déjà de l'affluence et ils furent un peu chahutés dans la queue.

Ils finirent par accéder à la chaine de distribution proprement dite. Il prit un cheeseburger avec bacon et un cookie accompagné d'un café, tandis qu'elle jeta son dévolu sur un *fish and chips*, une pomme et un café.

Ils s'étaient à peine installés que Schroeder reçut un appel. Il décrocha, c'était Mills.

« Oui, major, je vous écoute ?

- Mon colonel, la femme de l'assaut, elle a pu être identifiée !

- Si rapidement ?

- Affirmatif, mon colonel, c'est une ancienne du $911^{\text{ème}}$ commando marine, une lieutenante de vaisseau démobilisée il y a deux ans, d'origine cestrienne, caralienne pour être précis.

- Et le motif de la démobilisation ? Fin de contrat ? Raison personnelle ? Invitée à quitter la marine impériale ?

- Raison politique, si vous voyez ce que je veux dire, mon colonel ».

Effectivement, caralienne, mercenaire sodalienne, il voyait ce que voulait dire le major sans l'exprimer ouvertement au téléphone. La chute du régime et la quasi-guerre civile qui en avait suivi, même si elle avait été circonscrite à quelques états, voire maintenant à quelques provinces, restaient un sujet délicat.

« Nos collègues de la Marine ont perdu sa trace il y a dix-huit mois environ, reprit-il, mais ne se sont pas inquiétés plus avant, car ce n'était pas non plus une activiste patentée. Cela dit en réexaminant le dossier à la suite de la diffusion du portrait, ils se sont rendu compte que celui-ci avait été ouvert il y a deux mois environ ;

- Par qui ?

- C'est justement ce qui est troublant. Nul ne le sait. La demande était faite par un numéro de badge valable, mais dont le détenteur est couvert par un degré de protection tel que jusqu'à présent personne n'a été en mesure de l'identifier ou n'a voulu le faire. Y compris chez nous, au bureau central, vous pensez bien que c'est le premier endroit que j'aie sondé. On nage en plein délire, si vous me permettez, mon colonel ».

Schroeder ne put qu'abonder. Il remercia son interlocuteur et interrompit la communication. Il était en train de faire un résumé à Zledt lorsque celle-ci reçut également un appel : « Génial, envoyez-moi tout de suite une copie sur mon smartphone et celui du colonel Schroeder. Vous n'avez pas son numéro ? Pas de souci, je lui montrerai, nous sommes ensemble ».

L'officier eut alors l'impression que la poche gauche de sa veste vibrait. Il y glissa sa main et, surpris, en retira un téléphone prépayé qu'il n'avait jamais vu. Son premier réflexe fut de demander à Zledt si c'était elle qui l'y avait glissé, mais se ravisa immédiatement, ne voyant pas pourquoi elle l'aurait fait.

Il l'ouvrit et vit qu'il y avait un sms, ce qui avait sans doute générer la vibration. Il le sélectionna et le lut :

Si tu reçois mon portrait-robot, fais comme si tu ne me connaissais pas, gagne du temps, ne fais confiance à personne.

Surpris, il allait jeter un coup d'œil autour de lui quand il en reçut un second :

Elle est plutôt mignonne ta rousse. Si tu n'en veux pas, je me la ferais bien ; je trouve les taches de rousseur so cute. Bises.

Décontenancé, il regarda autour de lui de nouveau, baissant involontairement l'écran sur lequel ce dernier texte restait visible. Zledt, surprise par la réaction de Schroeder regarda ce téléphone. Elle ne peut s'empêcher, par réflexe, de jeter un coup d'œil. Elle devint rouge cramoisi.

C'est alors qu'elle reçut la notification du document que son propre interlocuteur lui avait signifié et qui n'était rien de moins que le portrait de la dénommée Paula. Se ressaisissant, elle le téléchargea, l'ouvrit, y jeta un coup d'œil, puis le montra à Schroeder. Il découvrit le visage de la femme aux cheveux courts bleu et aux divers piercings.

Cette fois, c'est lui qui devint rouge.

Tous pour un, un pour tous ou un tout seul… mercredi 15h

Anja Lumbt avait toujours été imprévisible, sauvage et très indépendante. Elle avait été l'amante d'Hank et d'Allyson avant qu'ils ne soient ensemble. Elle avait plu à l'un pour sa fougue et son goût du sexe, à l'autre par son naturel et son esprit libre, sans contrainte.

Officier détonnant au sein de la Garde impériale, elle était extrêmement brillante et efficace, excellant dans les missions de contre-terrorisme.

Malheureusement, à force de travailler dans ce secteur, elle avait fini par sombrer plus ou moins dans une forme de complotisme, persuadée que la vie du Principat et de l'Union, en général, ne pourrait être que rythmée par des tentatives d'atteinte à leur intégrité, encore et toujours.

Allyson et lui avaient fini par la perdre de vue, ce qui était d'autant moins surprenant qu'elle passait d'une mission d'infiltration à une autre, ce qui n'était pas sans l'abimer un peu plus à chaque fois, en multipliant les jeux de rôle et les identités.

Elles avaient cependant mené ensemble une enquête, la dernière d'Allyson. Elle était présente lors de son assassinat. Comme Hank.

Ils s'étaient revus depuis. Une seule fois. Il avait même failli succomber une nouvelle fois à son côté animal tout en sexualité.

Son corps athlétique couvert de tatouages et de piercing le fascinait, il devait bien l'admettre. Mais le côté vain d'une telle relation, alors même que l'esprit de la défunte l'accompagnait toujours, le fit reculer.

Il avait toujours su, depuis, qu'il avait eu raison, même si elle lui en avait un peu voulu, elle, qui pourtant se targuait de sa liberté et de son absence totale d'attache.

Puis plus rien. Six mois.

Et là, il venait de voir son visage apparaître sur un portrait-robot et de lire deux sms d'elle en moins d'une minute, dont un draguant, pour ainsi dire ouvertement, une femme de son groupe d'intervention, assise en face de lui qui plus est.

Mais surtout, elle lui demandait de garder le silence sur son identité et, même, de taire sa présence et son rôle dans ce dossier.

Heidi Zledt avait relevé que quelque chose posait un problème à Schroeder. Elle avait pensé au début qu'il avait été contrarié par le sms qu'elle avait pu lire.

Il est vrai qu'il était assez indélicat, mais en même temps amusant et quelque peu flatteur. Elle n'était pas contre les tentatives de drague, tant qu'elles ne tournaient pas au harcèlement. Il suffisait qu'une fois déclinées, cela soit compris et respecté.

Ce qui l'avait en réalité véritablement surprise, c'est qu'il lui semblait qu'il avait surtout réagi au portrait. Elle en aurait quasiment pensé qu'il la connaissait. Elle balaya cependant cette idée, somme toute saugrenue.

« Tout va bien, mon colonel ? Je vous sens tendu ou, au moins, perplexe.

- Merci, ça va. J'en avais presque oublié que j'avais ce téléphone sur moi. J'évite de le prendre, mais j'ai dû le mettre machinalement dans ma poche après ma douche. En tout cas, nous avons les portraits désormais. Savez-vous si l'enquête de voisinage ou les caméras dans le quartier de l'appartement ont donné quelque chose ?

- Je me renseigne ».

Pendant qu'elle regardait les comptes rendus sur son smartphone, il souffla un peu, content d'avoir donné le change, au moins provisoirement.

Il n'empêche, il ne savait pas comment il allait gérer cela. Des informations concernant Anja finiraient par remonter, surtout maintenant que son visage était placardé dans tous les commissariats de police.

Il était, cependant, probable qu'elle ait déjà changé d'apparence, elle était une virtuose pour cela. Dans le doute, et même si c'était une action parfaitement discutable, il décida de le lui conseiller.

Il prévint Zledt qu'il faisait un saut aux toilettes et, de là, il envoya un sms en ce sens. Presque immédiatement, il reçut une réponse :

J'ai opté pour une nouvelle couleur, même si je trouvais le bleu sympa. Désolée de ne pas vous avoir fait la bise tout-à-l'heure, mais tu comprendras que j'étais pressée.

Cela signifiait qu'elle avait dû les suivre dans la cafétéria et saisir le moment de la bousculade, à l'entrée du self, pour glisser le téléphone. Faire cela dans un bâtiment de la police métropolitaine était osé, mais très symptomatique de son goût pour le risque.

« Rien de nouveau pour le moment. Ne vous inquiétez pas cependant, je suis sûre que ce n'est plus qu'une histoire d'heures ! Nous allons les avoir, toutes les deux », lui dit l'inspectrice-adjointe à son retour.

Il opina de la tête et lui proposa d'y aller, le repas étant terminée.

Ils étaient à peine remontés dans la voiture qu'un appel du central crépita précisant que le bureau local avait réussi à localiser un site prometteur grâce à la vidéosurveillance. On avait pu y voir la camionnette criblée de balles s'y engouffrer, ainsi que le 4/4. En revanche, même en remontant toute une journée de visionnage, on n'avait pas pu voir en sortir berline et 4/4 avant le guet-apens.

« Ils doivent avoir encore une autre planque au moins. Ce ne sont pas des amateurs. Ils sont très organisés, même si, sur le terrain, ils n'ont pas forcément été aussi efficaces que nous aurions pu le craindre », se fit-il la réflexion, à haute voix, « une chance, mais sur laquelle nous ne pouvons-nous permettre de tout miser ».

Dans le même temps, il sentit sa migraine revenir. Il prit de nouveau un cachet de paracétamol qu'il avala en buvant une gorgée d'eau d'une bouteille en plastique qu'il avait pris soin d'emmener avec lui à l'issue du repas.

Il reçut un appel de Cells à cet instant :
« Nous avons localisé un de leur site potentiel, Hank.
- Oui, merci Stéphanie, je viens effectivement de l'apprendre par une annonce du central de la police métropolitaine. Nous venons également de recevoir l'adresse sur nos smartphones.
- Baxter et Seiller sont déjà en route ; deux groupes de la 221e compagnie sont également sur le chemin. Tu veux que je prenne le commandement de l'opération ? Je ne suis pas sûre que tu sois encore *dispo* après ta commotion de cette nuit.
- Ça ira, ne t'inquiète pas, mais je te remercie pour ta sollicitude. Zledt et moi, on y fonce.
- Je te laisse faire. Tu trouveras aussi sur place des SWAT et un véhicule de commandement de la police métropolitaine. On préférait qu'ils restent à l'écart, cependant, car ils sont un peu « chauds » après la mort de leurs camarades.
- ça se comprend, je te remercie pour l'information. Je vais gérer cela sur place ».

*
* *

Moins de dix minutes plus tard, ils étaient près de l'adresse indiquée, sur un parking où se trouvaient les véhicules de commandement et d'intervention des SWAT, ainsi que ceux de la police militaire.

Il monta dans le camion bardé de moyens de communication. Il y trouva deux opérateurs, un capitaine de la police métropolitaine, Clédane et Felder. Seiller et Baxter attendaient au pied du véhicule avec les chefs des quatre groupes d'intervention.

Shroeder s'enquit de la situation. On lui expliqua qu'il s'agissait de nouveau d'un bâtiment industriel, non pas abandonné cette fois-ci, mais en attente d'être reloué, ce dont attestait de grandes pancartes.

Suivant toute probabilité, les deux véhicules recherchés qui y étaient entrés devaient toujours être là.

L'accès pouvait se faire par une porte de garage et deux portes latérales. Un dernier accès était possible par un escalier métallique qui flanquait le côté ouest. C'était un bâtiment assez classique en briques, avec un premier niveau au rez-de-chaussée très haut de plafond et deux étages.

Cela représentait une surface importante à investir. Schroeder se demanda, quoique lui ait conseillé Cells, s'il pourrait vraiment faire l'économie des deux groupes SWAT. Cela représentait la moitié de sa force d'intervention disponible sur place.

Finalement, il décida d'y recouvrir, non sans avoir une explication avant avec leur capitaine.

C'est alors que Clédane reçut un appel du centre opérationnel de la police d'État l'informant que la femme aux cheveux bleue avait été vue dans un motel de banlieue. Cependant l'information remontait à la veille.

Il demanda à Schroeder ce qu'il voulait faire : ne se focaliser pour le moment que sur l'intervention ou, examiner simultanément cette piste, la traque de cette femme ayant été jugée prioritaire par lui-même récemment.

L'officier réfléchit à la question. Anja lui avait demandé d'être discret, car elle craignait visiblement des trahisons dans les différents services de police.

Cependant, il ne pouvait uniquement se fier à son habituelle paranoïa. En plus, il avait tendance à faire confiance à ses hommes et femmes qu'il côtoyait depuis trois jours et qu'il imaginait assez loin des coteries et manigances politiques.

D'ailleurs, aucun n'était originaire des trois états les plus traditionnellement touchés par le sodalisme.

Étudiant le pour et le contre, mesurant le danger qu'il prenait à leur parler, mais aussi celui qu'il pourrait encourir à ne rien leur dire, créant des quiproquos, voire des actions inappropriées, il décida opportun de les mettre dans la confidence.

Prétextant s'en remettre pleinement à lui pour la préparation de l'assaut, il demanda au capitaine des SWAT de faire le point avec les quatre chefs de groupe afin de déterminer la meilleure stratégie à adopter.

Il lui proposa de lui laisser le véhicule de commandement pour cela et en sortit, suivi des deux inspecteurs-chefs, rejoignant leurs trois jeunes collaborateurs restés à l'extérieur.

Sachant que tout était enregistré dans un véhicule de commandement, au cas où il y aurait un souci lors d'une opération qui nécessiterait de diligenter *a posteriori* une enquête, il avait trouvé cette parade pour regrouper son équipe loin de toute oreille indiscrète.

« Je vais vous donner une information que je vous demande de garder par devers vous : je sais qui est la femme aux cheveux bleue ». Il s'interrompit une minute pour les laisser digérer l'information, puis reprit : « il s'agit de la major de la garde impériale, Anja Lumbt, spécialiste des opérations d'infiltration et de contreterrorisme. Il se trouve que nous nous connaissons bien et qu'elle m'a même contacté aujourd'hui ».

Clédane lâcha un sifflement évocateur, pendant que les autres restaient bouche bée. Seiller fut la première à se ressaisir.

« Cela explique que les relevés d'empreintes n'aient rien donné ; je suppose que tout ce qui la touche est confidentiel ?

- Exact ; et son portrait affiché partout va créer du remous à Solburg. Cela dit, je pense que nous disposons d'un peu de temps, car elle est très forte pour se grimer et, même avec un portrait aussi ressemblant, je doute que beaucoup puisse la reconnaître telle qu'elle. Elle travaille seule et à peu de contact, même avec sa propre hiérarchie.

- J'imagine qu'elle n'a plus la même tête, releva Zledt, qui ne put s'empêcher de penser aux SMS du midi et, forcément, plus particulièrement à celui qu'elle avait pu lire.

- Il n'empêche, ce serait bien de lui parler pour y voir plus clair, mon colonel ;

- certes, Baxter, mais je ne me fais pas d'illusions, ce sera quand et où elle l'aura décidé. Cependant elle a confiance en moi et je pense sincèrement qu'elle m'en dira plus ;

- on pourrait peut-être la retrouver par ses connaissances, ces habitudes, les gens qu'elle a l'habitude de voir, des hommes, peut-être même des femmes… ».

Alors que les autres la regardèrent en se demandant où elle voulait en venir, Schroeder se retourna vers Zledt et lui dit d'un ton assez sec :

« Je doute qu'elle connaisse quiconque ici, si ce n'est pour le travail. Au total, je vous demande, à tous, de filtrer toutes les informations la concernant que les différents services de police viendraient à collationner. En attendant, nous avons un assaut à donner ».

Il retourna vers le véhicule de commandement, laissant les autres sur place. Tous se dirent que quelque chose leur avait échappé, mais sans savoir quoi.

Tous, sauf Zledt.

Assaut meurtrier… mercredi 16h11

Le capitaine des SWAT présenta le schéma tactique arrêté avec les quatre gradés.

Un groupe monterait par l'échelle de secours jusqu'au second étage et investirait ce niveau. Après l'avoir sécurisé, il descendrait afin de faire de même avec le premier.

Dans le même temps, deux groupes entreraient chacun par une porte latérale du rez-de-chaussée afin d'investir la vaste zone de stockage.

Cette dernière ne donnait pas beaucoup d'endroits pour se protéger, si ce n'est les piliers de soutènement et la progression pourrait donc s'avérer périlleuse, si ceux qui étaient à l'intérieur étaient nombreux et lourdement armés. Il y avait à espérer que des véhicules, des caisses et autres objets conséquents puissent offrir une protection de circonstance.

Le dernier groupe assurerait l'appui, notamment avec le positionnement d'un de leurs véhicules d'intervention blindé devant la porte de garage. Avec son poids et sa mitrailleuse de 12,7, il devait être en mesure de stopper net toute velléité de s'enfuir en voiture ou camionnette par là. Plusieurs tireurs d'élite appuieraient l'entrée simultanée des trois groupes d'assaut par leurs tirs ajustés.

Enfin, deux escouades de circonstance, composées de policiers en tenue, seraient constituées pour renforcer le premier échelon, si nécessaire.

Schroeder accepta cette organisation. Il précisa, cependant, la répartition des missions au sein du premier échelon : les deux groupes

SWAT gérant l'appui et l'escalier métallique, les deux de la police militaire le rez-de-chaussée.

Une fois, les derniers détails arrêtés dont le nombre et le type des munitions à emporter, les canaux radios à utiliser en communication, chacun alla se mettre en position.

Schroeder demanda à Seiller, blessée au bras la veille, de rester dans le véhicule de commandement pour aider le capitaine et à Baxter de se joindre au groupe SWAT devant investir les étages. Puis, il se mit avec Clédane derrière le groupe de droite, Felder et Zledt derrière celui de gauche.

De nombreux policiers en uniforme bloquaient les rues, convoyaient des véhicules de secours et de la police scientifique et technique sur des parkings proches, mais hors de portée de vue de ceux qui étaient dans le bâtiment.

À seize heures onze précises, l'assaut débuta avec la destruction par explosif des serrures des trois portes. Dans la foulée, des grenades fumigènes furent lancées et les trois groupes entamèrent leur progression.

Elle se révéla assez rapide au second étage, bien qu'il y eût de nombreuses pièces à inspecter. Toutes étaient desservies par un couloir central. Deux escaliers se trouvant au centre, de part et d'autre de la circulation, cela obligea à avancer en deux temps. Une fois, la partie du couloir allant de la porte à ces deux descentes, sécurisée, le chef de groupe laissa un homme face à chacune d'entre elles. Il continua alors la progression avec Baxter et ses trois soldats. Celle-ci terminée, il regroupa son dispositif au niveau des escaliers, prêt à descendre.

C'est là qu'ils entendirent une fusillade nourrie provenant, suivant toute probabilité, du rez-de-chaussée.

*
* *

En effet, en bas, avançant de piliers en piliers, lesquels permettaient d'offrir une relative sécurité, les deux groupes de la police militaire, suivis des quatre membres de la *task force*, avaient pu couvrir assez aisément environ le quart de la surface du hangar. Là, ils avaient un meilleur visuel sur la camionnette des techniciens, criblée d'impacts, mais aussi sur deux berlines et quatre 4/4 qui se trouvaient au fond du hangar et qu'ils avaient remarqués dès leur entrée. Pour tout dire, ils n'avaient pas pensé trouver autant de véhicules et, potentiellement, autant d'adversaires.

Une demi-douzaine d'hommes attendaient près de ceux-ci. Après un temps de stupeur lié à la vivacité de l'intervention et à l'utilisation des fumigènes, ils s'étaient ressaisis et utilisaient les véhicules, les piliers et les quelques caisses présentes non loin pour se protéger et ouvrir le feu.

Schroeder remarqua qu'il y avait des escaliers au fond du hangar, situé de chaque côté.

Il se remit derrière un pilier pour se protéger, car les tirs commençaient à se faire plus précis. Un policier militaire du groupe de gauche fut atteint à la jambe et mis en sécurité derrière une autre colonne par un de ses camarades, ils furent couverts par le tir de riposte d'un troisième.

Les impacts dans la brique faisaient voler des éclats que les gilets pare-balles des forces de l'ordre permettaient heureusement de stopper.

Un second policier, du groupe de Schroeder cette fois, fut à son tour blessé, mais superficiellement. En face, trois corps jonchaient le sol, les autres s'étant regroupés derrière la camionnette, assurant une meilleure protection que les autres véhicules par son gabarit.

Un militaire voulut avancer jusqu'à une grosse caisse sous la protection de ses camarades, mais il se prit une balle au niveau du cou. Le chef de groupe cria alors tout en montrant d'une main, deux nouveaux adversaires qui venaient de surgir de la cage de l'escalier de droite.

Schroeder ordonna à ceux de gauche de continuer à viser la camionnette, pendant que son groupe et lui se focaliseraient sur l'escalier. Ceci permit à deux policiers d'approcher leur camarade blessé. Le lieutenant-colonel, par un tir bien ajusté, réussit à mettre hors de nuire un des deux hommes surgis de l'escalier. Mais il se rendit bientôt compte que deux autres mercenaires dont une femme étaient venus appuyer le second.

Avec trois blessés dont un grave, la situation n'était pas fameuse, même si en face quatre mercenaires avaient été mis hors de combat. C'est alors qu'ils entendirent le crépitement sec de nouvelles détonations. Des échanges avaient lieu au-dessus, probablement au premier étage.

*
* *

Le groupe du SWAT avait, de son côté, commencer à descendre un de ses deux escaliers. Leur chef avait désigné deux de ses hommes pour bloquer tout accès par celui de gauche, afin de ne pas être pris à revers par là. La mission d'investissement du premier niveau devait donc se faire à partir de l'escalier de droite.

Ce dernier fut descendu avec prudence, mais arrivés au premier, ils virent plusieurs hommes et femmes courir dans le couloir en direction des escaliers situés en bout de couloir et qui menaient en bas. Ils leur ordonnèrent de se fixer et de déposer les armes, mais n'eurent en retour que des rafales de fusil d'assaut. Ils ripostèrent, mais durent refluer dans l'escalier, non sans avoir vu deux hommes s'engouffrer dans l'escalier.

Baxter exposa leur situation, quelque peu bloquée, à Schroeder. Malheureusement, ce dernier ne pouvait que constater la même chose à son niveau.

Il appela le capitaine des SWAT pour qu'ils envoient les deux escouades de la police municipale en renfort. La première prit l'escalier de secours, mais s'arrêta au premier étage, prenant position derrière la porte d'accès. Un SWAT du groupe resté en appui, les y rejoignit afin de poser une charge de faible puissance. La seconde escouade alla renforcer le dispositif du rez-de-chaussée, tout en restant encore un peu en retrait, cependant.

Après avoir pris l'avis du chef de groupe qui se trouvait avec lui, Schroeder prescrit de lancer des grenades assourdissantes simultanément par-dessus la camionnette et dans la cage d'escalier, mais aussi dans le couloir, à l'étage.

Il synchronisa leurs jets afin de maximiser l'effet et dit à la seconde escouade de faire sauter la porte d'accès en même temps.

Les grenades lancées, ils crièrent de nouveau d'obtempérer, mais face à la menace toujours présente et après avoir essuyé quelques coups de feu visiblement moins précis, ils passèrent tous à l'assaut. Ceux du rez-de-chaussée réduisirent le groupe de trois hommes cachés derrière la camionnette, puis les cinq mercenaires de l'escalier, les deux hommes que le groupe de Baxter avait vu descendre ayant rejoint ceux déjà en position.

Simultanément, l'escouade de circonstance investit le premier étage et se mit à faire reculer les mercenaires présents devant eux. Les militaires, restés de leur côté dans l'escalier, ouvrirent le feu sur ceux qui passaient devant eux. Bientôt il n'y eu plus que deux hommes et deux femmes debout, acculés au mur du fond du couloir. Ils dénombrèrent cinq corps jonchant le sol.

Les armes se turent alors. Seuls des gémissements empêchaient qu'un silence pesant ne s'abatte complétement dans l'immeuble où une épaisse fumée de cordite régnait, presque palpable, tant les tirs avaient été nourris de part et d'autre.

Si seul un agent de la police métropolitaine avait été blessé en haut, le bilan était plus lourd au rez-de-chaussée avec quatre blessés et un mort. En effet, le militaire qui avait pris une balle au cou n'avait finalement pas survécu à sa blessure.

Pour les mercenaires, c'était encore pire. Au total, il fut attesté que vingt et un étaient présents lors de l'intervention, sept avaient été tués, huit blessés.

Malheureusement, la femme du guet-apens n'était pas parmi eux.

Les SWAT s'assurèrent une dernière fois qu'il n'y avait pas de pièges dans l'immeuble. Puis ils quittèrent les lieux, suivis des policiers militaires.

Les lieux grouillaient, désormais, de policiers en tenue, d'experts et d'équipes médicales s'affairant auprès des blessés.

Schroeder ordonna que les mercenaires blessés soient conduits sous bonne garde à l'hôpital militaire, mais envoya les valides dans les locaux de la police d'État, mieux agencés pour des interrogatoires en nombre que ceux du SICDEA, trop modestes. Ils lui avaient apparu aussi plus sécurisés que ceux de la police métropolitaine. L'histoire récente le poussait à rester prudent.

Avisant les différentes caisses présentes dans le hangar, il allait les faire ouvrir quand Baxter lui rendit compte qu'il y en avait également en haut.

Il lui demanda de monter et de voir ce qu'il en était. Puis reprenant son idée, il demanda à des policiers d'ouvrir celles qu'il avait sous les yeux. Chacune en contenait quatre plus petites, également en bois, faites pour recevoir six fusils d'assaut. Sans surprise, une fois ouvertes, il reconnut des M16.

Il se dit que leurs « clients » cherchaient du bon matériel, même s'il nécessairement était plus cher.

Il ne croyait pas si bien dire.

Il entendit alors Baxter à la radio :

« Mon colonel, il faut que vous montiez voir cela immédiatement ! ».

Schroeder sentit tout à la fois de l'excitation et de l'anxiété dans la voix de son subordonné.

Changement de paradigme... mercredi 20H37

Curieux de ce que voulait lui montrer, Schroeder monta dans la foulée.

Le capitaine l'attendait, dans le couloir, devant la porte d'une pièce dans laquelle il le fit rentrer.

Alors que le bâtiment grouillait de policiers et techniciens, il fut surpris de n'y voir personne et encore plus de remarquer que le jeune officier du SICDEA fermait la porte derrière eux.

Six caisses assez semblables à celles qui étaient en bas se trouvaient là, devant eux. Elles étaient toutes ouvertes.

Schroeder s'approcha et eut l'impression que le sol s'ouvrait sous ses pieds quand il vit leur contenu : des missiles portatifs anti-aériens, ou plutôt ce qu'elles auraient dû toutes contenir, car deux d'entre elles étaient bel et bien vides.

Il se retourna brusquement et, montrant la porte et au-delà tous ceux qui étaient de l'autre côté :

« Qui a vu cela ?

- Personne, mon colonel. Par chance, quand j'ai ouvert la première, aucun n'était assez proche pour les voir et je me suis permis de les renvoyer sous divers motifs.

- Bonne initiative. Il faut qu'il en reste ainsi. Le dossier est assez compliqué pour ne pas en rajouter avec tous ces mercenaires et la violence délibérée à laquelle ils nous ont habitués. Dans un premier temps, nous allons demander à la police militaire de sécuriser le site et rester évasif pour la police métropolitaine et la police d'état.

- Y compris Clédane, Felder et Zledt ?

- Non, on leur en parle, bien sûr, mais on leur demande de garder cela jusqu'à ce qu'on y voie plus clair. En attendant, je vais appeler le bureau central, puis le chef d'état-major du XXIIe corps, le brigadier-général Nyer ».

Les différents entretiens qu'eut Schroeder ne l'éclairent guère plus sur la situation, voire ajoutèrent à la confusion.

En effet, il reçut l'ordre de ses chefs de Solburg de communiquer immédiatement aux superintendants généraux qui dirigeaient les deux services de police civile impliqués, tout en leur demandant de garder une certaine confidentialité sur le dossier.

Autant cela l'arrangeait vis-à-vis des policiers qu'il avait dans sa *task-force* ; autant il estima que multiplier les intervenants ne ferait qu'accroître la probabilité qu'on le parasite dans son enquête.

Et de fait, certains y virent une affaire de criminalité sans précédent, voire d'un nouveau profil, alors que d'autres défendirent la thèse d'une action de déstabilisation, d'autres, encore, la mise à jour d'une cellule terroriste débusquée au hasard d'une enquête sur de la contrebande.

Au demeurant, les deux dernières hypothèses étaient viables, surtout si on mettait en face le nombre de mercenaires impliqués : vingt-sept dont une en fuite, si tant est qu'elle était seule, ce qui était loin d'être acquis.

Il restait cependant, un point bloquant majeur face à toutes ces belles théories, nul ne voyait ce qu'il y avait à déstabiliser ou à faire sauter en Hwlasie-occidentale. Rien d'important en tout cas.

Et Solburg n'avait été d'aucun secours en la matière, n'ayant aucune proposition à leur soumettre.

Schroeder pressentait avoir enfin trouvé quelque chose de fondamental, mais tout en restant dans le flou.

Le seul avantage immédiat qu'il en tira fut d'apprendre que deux enquêteurs du bureau central du SICDEA allaient les renforcer sans délai et que le département d'Etat à l'Armée allait prendre langue avec celui de la Marine pour qu'une unité commando présente sur la base navale de Lembourg puisse l'épauler si cela nécessaire.

La journée étant déjà bien avancée, il informa ses collaborateurs qu'ils pouvaient rentrer chez eux et décida de faire de même.

Le bureau local l'avait informé qu'un nouveau véhicule était à sa disposition, mais il avait été déposé directement sur le parking du cercle.

Il demanda à un des policiers militaires qui étaient arrivés, entre temps, pour sécuriser l'immeuble s'il pouvait l'y ramener. Zledt, l'ayant entendu, lui proposa de le faire, précisant avec un grand sourire qu'ainsi la boucle serait bouclée pour cette journée.

Schroeder, surpris, hésita, mais ne voulant pas la froisser, finit par accepter. Après tout, c'est bien lui qui lui avait demandé de faire le taxi plus tôt dans la journée.

Il suivit la grande jeune femme rousse et monta dans sa Duster.

Après avoir démarré, elle prit la direction des quartiers est de Lembourg où se trouvait le complexe militaire. Après quelques minutes de silence, elle le regarda en biais et lui demanda :

« Pas de nouvelle de votre amie, la fille de l'air ? ». Devant le regard surpris de Schroeder, elle reprit avec une pointe de malice : « la fille aux cheveux bleue, Anja, c'est cela ? Vous nous avez dit la connaître professionnellement, mais c'est un peu plus compliqué que cela, n'est-ce-pas ? ».

Schroeder surpris par la franchise de sa conductrice marqua un temps de réflexion, puis lui répondit :

« Ma femme, Allyson, et moi-même nous la connaissons depuis un moment et, effectivement, j'ai pu, comment dire…bien la connaître auparavant.

- Je ne savais pas que vous étiez marié ».

Cette fois, ce fut lui qui la regarda à la dérobée. Il avait l'impression de sentir comme un soupçon de désappointement dans sa voix. Puis, il chassa cette idée qui semblait ridicule.

« Elle est décédée. Il y a deux ans. »

Zledt se maudit intérieurement pour ses questions indiscrètes et, au demeurent, assez vaines. Elle lui présenta ses condoléances, et se tut durant le reste du trajet.

Arrivé à destination, l'officier supérieur du SICDEA la remercia et lui souhaita un bon retour chez elle.

Il se rendit dans le bar encore ouvert et demanda s'il faisait du snacking. La réponse étant positive, il commanda un croque-monsieur avec une petite salade, ainsi qu'une bouteille d'un demi-litre d'eau gazeuse.

Après avoir diné rapidement, il prit un déca qu'il sirota en jetant un coup d'œil à l'édition du soir d'un journal publié en Kelwertie et en Hwlasie-occidentale. Enfin avisant l'heure, vingt et une heures passées, il remercia le barman et monta dans sa chambre.

En l'ouvrant, il entendit, à sa grande surprise, le bruit de la douche.

*
* *

Il entra et s'approcha de la porte intérieure qui donnait sur la salle de bain, tout en jetant un œil sur la pièce, apercevant des vêtements jetés sur son lit.

Le bruit de l'eau s'arrêta alors et il entendit une voix féminine sifflotée. Sortant son arme de l'étui et en la gardant le long du corps, il vit qu'on était en train de tourner la poignée.

Il tendit son bras armé, attendant que la personne qui était dans la pièce d'eau sorte.

C'est ainsi qu'il se retrouva nez-à-nez avec Anja Lumbt, nue à l'exception d'une serviette entourant ses cheveux.

« Tu ne m'as pas toujours accueilli une arme au poing, Kenny, dit-elle sans sourciller, en utilisant le surnom affectueux qu'elle avait coutume d'employer autrefois et qui était une déformation d'Hank.

- Des menottes auraient-elles été plus appropriées ? Tu es recherchée partout, je te rappelle !

- Humm, ne me tente pas ! Voilà une idée qui aurait été fort alléchante, mais je suis là pour le travail.

- Dans cette tenue ?

- Oui dans cette tenue, je n'ai pas pu prendre de douche depuis mon expropriation forcée par tes sbires. Et ne me dis pas que cela te dérange, tu m'as déjà vu nue.

Cela dit, tu aurais peut-être préféré que ce soit ta grande rousse qui soit là, dit-elle en riant, je l'ai vu te déposer. Très belle. Très gracieuse. Note que cela ne m'aurait pas dérangée, si tu étais monté avec elle. Je n'ai jamais été ni jalouse, ni égoïste, tu le sais fort bien.

- Arrête tes divagations, habille-toi et dis-moi ce que tu fous ici avant qu'il me prenne l'envie d'appeler la police militaire.

- Je viens de te le dire. Je suis là pour le boulot. Et un endroit pour me reconditionner, accessoirement. Maintenant, merci de ranger ton flingue, je ne vois pas en quoi je suis une menace dans cette tenue ».

Schroeder rengaina son arme, tout en se disant que ce n'était pas tout à fait exact, elle était parfaitement capable de maîtriser un homme à main nue en *close combat*, si ce n'est lui briser le cou. Même lui, pourtant parfaitement rompu à différentes techniques de combat rapproché n'était pas convaincu de prendre l'ascendant sur elle, le cas échéant.

Elle le remercia, mais, au lieu de se rhabiller dans la foulée, elle retira nonchalamment la serviette qu'elle avait sur la tête.

« Je vois que tu as changé de tête. Blonde platine, désormais. Tu n'avais pas d'endroit pour prendre une douche, mais cela ne t'a pas empêché de te décolorer les cheveux !

- Pour cela, un simple lavabo dans les toilettes d'un bar miteux suffit.

- Je me disais bien qu'il y avait un truc dans le portrait, tu portais des lentilles de couleur ? Et tu n'as plus de piercing au nez... ».

Elle le fixa d'un air de défi, dardant sur lui son regard bleu au teinte lavande, perçant mais un peu particulier, les mains sur les hanches, volontairement impudique.

« Au nez, non, mais, pour autant, tu ne m'as pas dit ce que tu pensais des nouveaux. Je me suis fait plaisir. Réussi, non ? En tout cas, ça change par rapport à la dernière fois où tu m'as vu aussi peu habillée.

- Tu es impossible. Il finira par t'arriver des trucs !

- Quel rabat-joie ! On ne peut même pas rigoler. Bon cela dit, je te l'ai déjà dit, je suis là pour le travail ».

Elle entreprit de se rhabiller. Schroeder ne savait plus trop s'il devait penser « enfin » ou « dommage ».

Il s'assit à la chaise qui accompagnait le petit bureau et elle s'installa dans le fauteuil qui complétait l'ensemble. Il lui fit signe de la tête qu'il était tout ouïe.

*
* *

« Il y a six mois maintenant, les services de renseignement de la Garde impériale ont été avisés qu'un groupe d'extrémistes sodaliens projetait un attentat qui se devait d'être spectaculaire.

Malgré des recherches actives, rien n'a donné. Il y avait bien des groupuscules qui s'agitaient, mais qui ne se révélaient être en réalité que des ramassis de grandes gueules, plus animés par la testostérone que par une quelconque idéologie nette et claire.

Ils possédaient encore moins un sens de l'organisation susceptible de donner un quelconque côté spectaculaire à une action quelle qu'elle fût. Des nazes.

Bien évidemment, on recueillait de l'information émanant des retranchements du mouvement de Sodal dans les dernières provinces qu'il tient. Mais là encore, chou blanc. Leur priorité semblait plutôt de tenir le peu qu'ils avaient plutôt que de perdre moyens humains et financiers, désormais comptés d'ailleurs.

On commençait à se dire que ce n'était que du vent quand il y a trois mois, le dossier a rebondi. Une de nos ambassades a informé les différents départements ministériels concernés que des acheteurs d'origine hwlasienne comptaient acheter des missiles style *stinger* que ce soit en version d'origine, ou en version POST. D'autres armes équivalentes et plus récentes existent bien, mais ceux-ci sont largement produits et distribués, ils ne sont donc pas difficiles à trouver sur le marché noir. La guerre en Ukraine lui a même redonné un coup de fouet.

- Mais quel est le lien entre Cestrie et Hwlasie ? Les Hwlasiens n'ont jamais été sensibles aux charmes de Sodal, même quand il était apprécié du plus grand nombre ;

- J'y viens. Au départ, on a pris cela comme un bruit de fond, mais relevant plutôt du trafic d'armes militaires, même si ce type de marchandises n'est pas courant. Cela devait donc relever du SICDEA ou du SICDEM.

- Qui n'en n'ont jamais entendu parler. Je suis formel, les marins me l'auraient dit !

— Attends, je continue. Ce qui nous a mis la puce à l'oreille, c'est que le financement semblait passer par une banque de Cestrie, via, il est vrai, un enchevêtrement de comptes *offshore*, mais que, pour le coup, on avait tracé depuis quelque temps.

La cerise sur le gâteau, ce fut dans le même temps le recrutement de mercenaires dans les anciens rangs des milices populaires du mouvement politique de Sodal.

Là encore, cela aurait pu être considéré comme relativement anecdotique, car c'était déjà arrivé. Ce qui nous a de nouveau titillé, c'est leur nombre. On n'était plus dans le registre du coup de main, mais d'une opération. Choisis pour avoir une formation militaire, même si, objectivement, ce ne sont pas les meilleurs de la classe à quelques exceptions près.

L'argent nous a conduits en Hwlasie-orientale dans un premier temps pour l'armement. Mais cela n'a pas été concluant et nous n'arrivions pas à trouver d'information sur le transit des armes. J'ai commencé mon immersion. J'ai grenouillé, rencontré plusieurs personnes dans le milieu, soit des acheteurs, soit des vendeurs, soit des transitaires.

- Mais pourquoi nous n'en avons rien su ?

- Missiles anti-aériens portatifs, mercenaires sodaliens, financement occulte d'origine cestrienne, cela nous a ramené à l'opération spectaculaire évoquée au début et la Garde impériale, en accord avec le Palais a décidé de maîtriser l'information...

- La cacher, dis plutôt, fit Schroeder, furieux.

- Tu sais mieux que quiconque que la question entraîne *ipso facto* une forme de paranoïa, pas forcément infondée, tu as malheureusement payé très cher pour le savoir.

Bref, après une soirée un peu arrosée, j'ai finalement appris que la cible serait le vol d'une autorité influente, sans doute assez proche du Principat.

En revanche, je n'avais toujours rien pour le transit en Hwlasie-orientale. C'est alors qu'un homme que j'avais eu en contact pendant mes recherches m'a dit qu'il cherchait à se mettre en relation pour de l'armement militaire de qualité.

J'ai cru qu'il me parlait de missiles et qu'il en était. C'est alors que j'ai su que les financements passaient non pas par la Hwlasie-orientale, mais occidentale. Je lui en ai touché deux mots et il m'a dit qu'il allait revoir sa copie à partir de cette information.

Il m'a laissé un numéro de prépayé et je me suis envolée pour Lembourg où j'ai pris la chambre que tu connais. Je me suis fait livrer du matériel et j'ai commencé à relier tous les éléments.

J'ai eu un appel dans la nuit de vendredi à samedi de ce fameux contact, il avait une piste au vieux port et il m'a dit qu'il prenait un vol. Je lui ai fixé un rendez-vous dans un café discret.

— C'était quelqu'un du SICDEA, tu n'as pas pensé à tout lui dire !

- Sauf que je ne le savais pas, je te le jure ; je ne savais même pas que vous aviez mis en place un sous-marin pour traquer un trafic d'armes de guerre à ce moment-là ;

- tu te moques de moi, Anja !

- Je te jure ! J'ai l'impression que vous verrouillez autant l'information que nous. En tout cas, quand je l'ai vu, j'ai compris que nous n'étions pas sur la même longueur d'ondes, qu'il ne cherchait véritablement que des armes de guerre « classiques », de *up quality* pour lui voulant dire neufs ou, tout du moins, en excellent état.

— Tu ne lui as pas déconseillé d'y aller.

— Du coup, je ne savais plus si son tuyau relatif au vieux port me concernait. En revanche, j'ai alors cru reconnaître, un peu plus loin, quelqu'un dont le dossier était passé entre mes mains quand on étudiait le profil des mercenaires.

J'ai pensé qu'il me suivait et j'ai mis fin au rendez-vous séance tenante. Il s'est avéré que c'était une coïncidence. Malheureusement quand ils sont tombés sur lui au hangar, ils ont dû faire le rapprochement et essayer de me retrouver. En tout cas, lorsque j'ai appris qu'il avait été tué, j'ai compris qu'il était tombé sur plus que son simple trafic. Ton arrivée m'a confortée dans cette idée.

- Comment ?

- Enfin Kenny, tu imagines bien que j'écoute la police d'État comme la police métropolitaine. Heidi, c'est cela ?

- Lâche-moi ! Quoi d'autre ?

- Rien que tu ne saches déjà.

- Ne te moque pas de moi, Anja !

- Promis, mon beau géant. Tu sais bien que je ne peux rien te cacher. Tu l'as bien vu tout à l'heure, fit-elle en prenant son air mutin ;
- j'ai du mal à te croire, franchement !
- Promis, même sur l'oreiller et avec les menottes, je ne saurai t'en dire plus. Relax ! Je te plaisante. De toute manière, je dois y aller.
- Pourquoi ne pas agir en plein jour, avec nous ? Tu ne penses pas que ta couverture est grillée désormais ?
- Sans doute vis-à-vis d'eux, mais pas pour d'autres réseaux et comme ils ne communiquent qu'épisodiquement entre eux, cela peut encore donner quelque chose ». Puis sérieusement, « je n'ai pas eu d'ordres contraires de toute manière.
- C'est un jeu dangereux que celui que tu pratiques ».

Anja Lembt se leva alors et lui dit : « Excuse-moi pour mon cinéma lors de ton arrivée, je savais qu'il n'y aurait rien, mais j'avais envie de jouer l'exhibitionniste. Je ne dis pas non plus que j'aurai dit non, le cas échéant, mais nous savons l'un comme l'autre que cela ne donnerait rien à long terme ».

Puis, elle glissa dans son oreille droite en se baissant et en s'appuyant sur ses hautes et larges épaules : « Cesse de te faire mal. Revivre sans Allyson ne serait pas la trahir. Heidi ne serait ni un pis-aller, ni une trahison, mais peut-être un renouveau, une seconde chance ».

Elle l'embrassa tendrement sur la joue : « penses-y au moins, Kenny ».

Et elle partit telle une ombre, comme elle en avait l'habitude depuis sans doute trop longtemps, laissant un Schroeder pensif.

ACTE 5 : JEUDI

> Un seul aigle peut être arrêté, capturé, à cinq ils sont invincibles, tel est le cas aussi des cinq royaumes.

Proverbe du Principat

Course dans l'obscurité...jeudi 9h27

Entre ce qu'Anja lui avait dit, tant sur le plan personnel que professionnel, Schroeder eut matière à réflexion toute la nuit.
Malheureusement, il n'en sortit rien de vraiment profitable ou constructif.
Il sentait confusément que quelque chose lui échappait, quelque chose qu'il avait eu sous les yeux. Ou encore entendu.
Il était, également, persuadé qu'elle n'avait pas tout dit, qu'elle détenait encore une carte en main.
Voire, plusieurs.
Il envoya un mémo sous forme de compte rendu immédiat à la permanence opérationnelle du département d'Etat à l'Armée et à l'officier de permanence du bureau central du SICDEA. Quelques minutes après, il reçut deux accusés réception.
Tout cela avait fini par lui faire revenir sa migraine. Plutôt que prendre un nouveau cachet de paracétamol, il opta pour une douche. Depuis toujours, il aimait en prendre une pour se retrouver ou encore se préparer avant un examen. Cela lui donnait l'impression de se nettoyer, se laver le cerveau au sens propre, comme au sens figuré.
La soirée était déjà bien avancée, mais le cercle était suffisamment bien construit pour offrir une isolation phonique satisfaisante et il fit donc couler la douche sans regret, ni remords.
Il y avait encore un peu de mousse rappelant l'utilisation d'un gel douche dans le bac. L'image d'Anja nue revint immédiatement.
Schroeder essaya de la faire repartir, mais les piercings avaient eu comme un effet hypnotique, devait-il bien avouer. Il se rendit compte

qu'il n'avait pas été bien loin de vérifier la qualité de l'isolation phonique d'une autre façon.

Puis il se ressaisit et revint à l'affaire, mais se faisant, il repensa, cette fois-ci, à cette jeune femme rousse, aux grands yeux bleu clair qui avait quelque chose d'attachant sans qu'il sache trop bien dire quoi.

Ne se serait-elle pas montrée un peu jalouse même ?

Il se dit que, pour le coup, il devait prendre ses rêves pour des réalités.

Il vit alors qu'il avait un nouveau message. Il l'ouvrit et le lut : cela venait de la permanence opérationnelle. Un colonel le remerciait des informations transmises et, du fait, qu'il y ait des armes antiaériennes disparues, les retransmettait, immédiatement, à la communauté du renseignement ainsi qu'au Commandement général des forces spéciales de l'Armée.

Se refocaliser sur le dossier.

Trouver ce que son inconscient savait, mais que son conscient n'appréhendait pas. Pas encore du moins.

Il s'allongea sur le lit, nu, à son tour. Finalement le sommeil finit par l'emporter sans même qu'il s'en rende compte.

Le lendemain, il se réveilla vers six heures trente. Il regarda s'il avait un retour des échelons centraux à la suite de son mémo de la nuit, mais rien sur son smartphone.

Il se rasa, pris une douche, plus par habitude que parce qu'il en avait besoin, après celle de la nuit. Au moins, cela permettait d'atténuer le feu du rasoir.

Il descendit au bar prendre un café et une viennoiserie, petite faiblesse dont il avait envie ce matin, en l'occurrence, un pain au chocolat. C'était ce qu'Allyson et lui aimaient commander avec un café allongé pour elle, une noisette pour lui, au café de la marina de la petite ville côtière dont elle était originaire et où ils aimaient passer un week-end de temps à autre.

Il jeta un coup d'œil à la télévision qui passait une chaîne d'information en continu.

C'en était une estrienne, nota-t-il, le changeant de l'accent hwlasien qu'il entendait depuis quatre jours.

Il n'y avait rien de nouveau et dans l'ensemble les informations étaient démoralisantes comme souvent : crises internationales, tension entre la Chine, les États-unis et l'Union européenne, guerre entre la Russie et l'Ukraine, conflit entre l'Arménie et l'Azerbaïdjan.

Cela lui rappela une chanson francophone chantée par un Suisse qu'il avait entendu l'année précédente en France et que Florent lui avait traduite ; il était question d'une compagne qui voulait déjeuner en paix, tout en imaginant un avenir dans un flot d'informations désespérantes.

Suivirent le déplacement de l'oncle du Princeps, le vote d'une nouvelle loi du parlement d'Estrie sur la mise en place d'éoliennes en pleine mer, transposition d'un règlement uniate, et un reportage lénifiant sur une influenceuse.

Là, il décida de partir.

Il eut juste le temps d'entendre la rubrique météo en sortant du bar, qui pour le coup n'avait pas trop d'intérêt ici, en Hwlasie.

Il se rappela qu'il devait récupérer les clés de sa nouvelle voiture auprès de l'accueil du cercle. Il allait pour partir quand le caporal-chef qui y assurait la permanence, le rappela :

« Désolé mon colonel, mais vous avez également une enveloppe ; elle a été déposée ce matin à votre attention. Elle m'a demandé de bien vous la remettre avant votre départ.

- Elle ?

- Oui, une femme, mais elle ne m'a pas donné de nom.

- Comment était-elle ?

- Rousse, mon colonel. Je suis confus, j'aurai dû lui m'enquérir de son identité.

- Rousse naturelle, cheveux mi-longs ondulés, yeux bleu clair, très grande, demanda-t-il, tout en ne voyant pas trop pourquoi Heidi Zledt ne l'aurait pas attendu pour lui donner l'enveloppe en main propre.

- Plutôt taille moyenne, mon colonel, avec des yeux bleu particulier, lavande je dirai, extrêmement perçants et, si vous me permettez, ce n'était pas sa couleur naturelle. Ma sœur est coiffeuse, vous comprenez ? » , expliqua, un peu gêné, le militaire.

Anja, sous une nouvelle apparence, le titillant de nouveau, comme à l'habitude. Il en était certain.

Il le remercia et sortit. Il s'installa dans sa nouvelle voiture, un Defender et ouvrit l'enveloppe.

Elle contenait un dossier à en-tête de la Garde impériale datant de la veille avec une photographie et une fiche signalétique. C'était celle de Aretza Kalls, l'ancienne lieutenante de vaisseau du $911^{\text{éme}}$ commando marine.

Elle était originaire de Siriusbourg en Caralie comme il le savait déjà. En revanche, il y était dit qu'elle suivait deux traitements, l'un pour le diabète et l'autre hormonal. Il y avait aussi une liste de contacts, de planques connues, d'alias et de comptes bancaires aux noms de ceux-ci.

Tout le nécessaire du petit détective pour la trouver.

*
* *

Il prit la direction du bureau local. Dès son arrivée, il fit plusieurs copies des documents, puis se rendit dans la section du commandant Mills et leur demanda de lancer des recherches sur les planques et les comptes bancaires qui s'y trouvaient.

Il alla saluer son vieil ami, le colonel Zander Strucker. Il lui donna une des copies du dossier. Le chef de bureau releva que cela ferait peut-être avancer le dossier, car on n'avait rien tiré des mercenaires capturés. Non pas qu'ils ne désiraient pas parler, mais ils ne savaient pas grand-chose en définitive.

Il lui fit part de sa rencontre de la veille et de ce que lui avait dit Anja que son interlocuteur connaissait également.

Celui-ci lui dit qu'il irait à la pêche aux informations en appelant quelques personnes à Solburg, mais que si la Garde avait décidé de jouer cavalier seul, cela ne faciliterait pas le travail sur le terrain.

Puis, il s'excusa auprès de Schroeder car il devait aller à un rendez-vous avec les budgétaires de la XXIIe région militaire qui suivaient le budget du bureau, passaient ses marchés et exécutaient ses dépenses. Il lui conseilla, cependant, avant de partir, de jouer à fond sur l'exploitation des données numériques dont l'analyse des appels téléphoniques.

L'officier du bureau central se rendit dans la salle de réunion et constatant qu'une bonne âme -toujours la même ? - avait refait du café, il se servit une tasse.

Il était encore tôt. Il profita de ces quelques minutes pour rédiger son rapport préliminaire pour la journée de la veille qu'il n'avait pas pris le temps de faire jusque-là ; puis, pour relire les éléments du dossier, comptes rendus, analyses scientifiques et techniques, photographies. Une fois encore, il eut le sentiment d'être passé à côté de quelque chose qui devait pourtant être juste sous son nez.

Finalement, les autres arrivèrent. Il leur proposa de prendre un café et, assez naturellement, diverses conversations débutèrent sur un peu tout et rien, le temps, les sorties cinéma ou ce qui était joué au théâtre ; enfin, Schroeder leur proposa de s'installer.

Il donna à chacun un dossier sur la mercenaire qu'il présenta comme autrement plus dangereuse et capable que tous ceux qu'ils avaient pu affronter la veille.

Il précisa que, si les survivants ne savaient rien ou très peu, il n'en fallait pas moins poursuivre les interrogatoires. Il était possible qu'ils aient pu entendre ou voir quelque chose dont ils n'auraient pas perçu l'importance.

Il leur affirma que, plus que jamais, la traque d'Aretza Kalls était prioritaire, car il avait appris qu'on avait glissé d'un dossier de contrebande d'armes à celui d'un projet d'action « spectaculaire ». A ce titre, un attentat ne pouvait être exclu, d'autant plus qu'on savait désormais que la partie comptait des missiles anti-aériens. Il précisa qu'il en avait rendu compte en haut lieu, mais sans résultat pour le moment.

Tout en compulsant le dossier, Clédane lui demanda comment il l'avait obtenu. Schroeder répondit qu'il avait eu le dossier par Anja Lumbt ce matin même, avant de quitter le cercle et qu'elle était passée le voir dans la soirée.

« Elle n'a pas froid aux yeux. Venir vous voir en public, alors qu'elle est recherchée par toutes les polices.

- C'était dans ma chambre. Elle m'y attendait ».

Zledt ne peut s'empêcher de faire une moue, qui bien que fugace n'échappa ni à Schroeder, ni à Felder.

« C'est James bond et Mata-Hari, mon colonel. C'est la classe quand même cette affaire. », fit Baxter tout sourire.

Seiller le fusilla du regard ; elle aussi avait dû remarquer l'attitude de Zledt, mais ce n'était visiblement pas le cas de son camarade qui ne comprit pas le message et qui lui lança, en retour, un regard éloquent, mais totalement interrogatif.

Elle se contenta de soupirer et lever les yeux au ciel, le plongeant encore plus dans un abîme de perplexité.

Schroeder rappela que deux agents du bureau central devaient arriver en renfort en fin de matinée : Catherine Op et Michel Choup, deux anciens sous-officiers des forces spéciales qui avaient été admis au SICDEA, au sein du département des opérations spéciales d'intervention sur le terrain. Clédane se proposa de les faire récupérer à l'aéroport par la police d'État afin de faciliter le transit, d'autant qu'ils devaient être probablement armés.

C'est alors que Schroeder se retourna vers Baxter brusquement.

« Qu'est-ce que vous avez dit ?

- Je vous demande pardon, mon colonel ?

- A propos de classe et d'affaires ! Mais oui, comment ai-je pu passer à côté de cela ! Je suis trop bête, c'était là, sous nos yeux depuis tout ce temps !

- Vous pourriez être plus explicite Schroeder, fit Clédane.

- Baxter m'a fait penser à la classe affaire des avions. En associant cela au vol de nos deux agents, cela a fait « tilt ». Je me suis rappelé la carte qui était placardée dans la cave d'Anja, avec ce grand trait rouge. Je suis persuadé que c'est le trajet d'un vol.

- Mais elle ne vous en a pas parlé ?

- Culture du secret des services de renseignement de la Garde, maugréa-t-il ».

C'est alors que Mills rentra dans la pièce avec une de ses analystes : « on a une touche grâce aux cartes de crédit que vous nous avez indiqué mon colonel ; deux chambres louées dans un hôtel dans la banlieue ouest. Voici l'adresse ».

« On fonce ; il n'y a pas de temps à perdre. Baxter, prévenez la police militaire qu'elle nous rejoigne sur place, puis allez trouver le colonel Strucker, sortez-le de ses réunions *manu militari* s'il le faut. Il doit tout faire pour en apprendre plus sur ce vol.

Mon commandant, vous pouvez l'aider, s'il vous plait ? Moi, je passe un appel au commandement local des commandos de la marine pour qu'il mette une unité d'alerte sans attendre ».

Celui-ci ayant été informé la veille par sa propre hiérarchie qu'il devait être en mesure d'apporter son aide à Schroeder, l'appel se révéla être une formalité. L'officier supérieur du SICDEA apprit par la même occasion que son mémo de la nuit avait été également transmis au département d'Etat à la Marine, lequel en avait avisé les autorités navales compétentes dont l'amiral commandant la VIIIe flotte, compétente pour une partie de la Hwlasie et le commandement des opérations spéciales qui lui était subordonné. Le marin l'assura aussi qu'il allait tout faire de son côté pour découvrir de quel vol on parlait.

Il ne restait plus qu'à mettre la main de toute urgence sur Kalls et le reste de son équipe, ainsi que sur ses fichus lance-missiles antiaériens portatifs.

Descente aux enfers.... Jeudi 13h57

L'hôtel se trouvait dans un quartier relativement pauvre. La police métropolitaine, compétente dans cette zone suburbaine qui faisait partie de l'agglomération de Lembourg, boucla rapidement les voies d'accès.

Des policiers militaires, lourdement armés, se mirent en place, renforcés comme précédemment par des SWAT. Schroeder voulait s'abstenir de recourir à des unités de forces spéciales pour le moment, pressentant que la perquisition des chambres ne sonnerait pas pour autant la fin de la partie.

L'établissement ne possédait qu'un parking non couvert, peu propice aux activités criminelles des mercenaires.

En fin de matinée, Schroeder donna le top et les colonnes d'assaut se mirent en mouvement. Les deux chambres visées étaient contiguës, mais il s'assura auparavant auprès de la direction de l'hôtel que d'autres n'avaient pas été réservées en liquide.

Le seul fait qu'une carte bleue ait été utilisée pouvait paraître suspecte et tenir du piège ou de l'opération de désinformation. Mais il se dit, également, qu'il était plausible que leur cible ne pensait pas ses moyens de paiement tracés. De toute manière, il fallait s'en assurer.

Il apprit à cette occasion que le groupe, soit huit hommes et femmes, avait quitté la place plus tôt dans la matinée à bord de deux 4/4, en en laissant un troisième sur place.

Un peu déçappointé, il confirma l'intervention à l'étage, tout en envoyant une équipe contrôler le véhicule encore stationné sur le parking.

Les chambres furent rapidement investies. Elles étaient vides, mais quelques documents trainaient, ainsi que des armes de poing et deux fusils d'assaut. En revanche, aucun lance-missile portatif.

Sans revenir au point de départ, cela ne faisait clairement pas leur affaire.

C'est alors qu'un militaire montra un dossier à Seiller ; elle appela immédiatement son chef et le lui montra. Il eut un coup au cœur : il s'agissait d'une photo prise au téléobjectif d'Anja Lumbt devant un *squat* et une adresse sur un post-it. Elle apparaissait encore blonde ; elle devait donc dater de la veille.

Il demanda à Clédane et Seiller de superviser la fouille des chambres et le véhicule restant, en s'appuyant sur des policiers métropolitains et dit aux autres de le suivre immédiatement à l'adresse indiquée.

L'inspecteur-chef de la police métropolitaine reçut alors un appel radio de son propre central lui précisant, que, comme cela avait été prévu, les deux agents du SICDEA, arrivés en renfort de Solburg, avaient été récupérés à l'aéroport et déposés à leur cercle. Schroeder demanda à Seiller de contacter le bureau local pour qu'il fasse en sorte qu'ils puissent s'y rendre afin de prendre connaissance de toutes les pièces du dossier et se présenter au colonel Strucker, ainsi qu'à Cells et Mills. Ils ne les mettraient à contribution que le lendemain, sauf à ce qu'il ait besoin de faire une relève.

Sur ce, il prit la direction du *squat*. Celui-ci était plus au sud, dans un quartier dans lequel il y avait eu longtemps de nombreuses usines, mais souvent désaffectées. On les avait restructurées au profit d'unités de production plus modernes où il était facile d'installer de nouvelles chaînes de production ou des machines-outils, tout en proposant de meilleures conditions de travail aux ouvriers et employés, voire, même de vie, avec des restaurants d'entreprises, des salles de repos et de détente.

Mais, là cet immeuble n'en était visiblement pas encore à ce stade.

*
* *

Dès leur arrivée, ils comprirent que quelque chose s'était passée ; plein de gens, visiblement des sans domicile fixes, erraient autour du bâtiment, l'air apeuré. Même s'ils n'aimaient guère frayer avec les policiers et leur parler, les nouveaux venus finirent par comprendre qu'il y avait eu des tirs à répétition, des cris et, même, un moment des hurlements et que des morts jonchaient l'intérieur de l'édifice décrépi, aux fenêtres et vasistas cassés ou manquants depuis des lustres.

Schroeder prit conseil auprès des chefs de groupe d'intervention. La progression, dans un immeuble dans lequel on trouvait gravats, murs éventrés et escaliers délabrés, demandait une expertise particulière.

Méthodiquement, policiers militaires et SWAT investirent les lieux. Felder et Zledt suivirent les seconds qui entreprirent de monter par le premier escalier disponible afin d'accéder au premier des deux étages. L'immeuble ne comptant pas de sous-sol, Schroeder et Baxter progressèrent avec les policiers militaires au rez-de-chaussée.

Les policiers métropolitains présents dehors et qui avaient fait le tour des constructions voisines confirmèrent par radio l'absence des 4/4.

S'il n'y avait eu les propos encore teintés de crainte des squatters, ils auraient pu penser faire fausse route, tellement il y avait un silence de plomb.

Après dix minutes d'une prudente avancée, force fut de constater pour Schroeder qu'il n'y avait rien d'intéressant à son niveau, ne trouvant que des hardes rapiécées, des sacs informes et des caddies de supermarchés remplis de tout un bric-à-brac, parfois indescriptibles. Il annonça par la radio que tout était *clean* pour lui.

Felder répondit qu'il en était de même pour eux au premier étage et qu'ils allaient maintenant entreprendre l'inspection du second étage. Un des deux chefs de groupe SWAT lui indiqua de la main qu'il y avait deux escaliers et non un seul qui menaient au-dessus.

L'inspecteur-chef les laissa diriger la manœuvre. Le plus âgé demanda s'il pouvait avoir l'appui d'une des deux équipes de police militaire, le fait qu'il y ait deux accès divisant les moyens. Schroeder qui était désormais dans une phase d'investigation acquiesça.

Une fois les moyens regroupés au premier, il fut décidé que chaque groupe SWAT prendrait un escalier, l'un épaulé des militaires, l'autre des deux inspecteurs.

Les escaliers étant en courbe, ils gravirent marche par marche lentement. Alors que seul le silence faisait loi, une radio crépita :

« un homme armé, au sol. Mort. Son corps est à moitié dans l'escalier à moitié sur le palier. Une seule balle. Pleine tête.

- Identification ?

- Probablement un des mercenaires recherchés. On continue ».

Puis, après un court instant :

« un deuxième cadavre à l'autre bout de la pièce, devant une porte d'accès à une autre salle. On s'approche. » Nouveau délai. « Mort. Deux impacts en pleine poitrine. *A priori* celui-ci a utilisé son arme automatique ; il manque des munitions dans le chargeur. Impacts dans l'encadrement gauche de la porte. Vu la position du corps, on peut imaginer un potentiel adversaire qui se serait posté de l'autre côté du mur, à gauche. On reprend la progression.

- Prudence, entendit-on à la radio.
- Ok, les gars ! on rentre dans l'autre pièce…. Merde, c'est quoi ce délire !
- Que se passe-t-il ?
- Des cadavres ! Plusieurs ! Du sang, merde, beaucoup de sang ! Un corps de femme dénudé ! lacéré.
- J'y suis ; je rentre à mon tour, Schroeder, fit Felder ;
- …
- Et merde !
- Quelle horreur ! ».

*
* *

Cette-fois-ci, c'était la voix de Zledt qu'on pouvait l'imaginer blême rien qu'à l'intonation.

Schroeder n'ayant aucune réponse à ces demandes de précision, il décida de monter à son tour. Un mauvais sentiment, lié au silence des radios, l'envahissait. Baxter le suivit de près.

Il ne lui fallut que quelques minutes pour arriver dans la seconde salle. Et là, il vit ce qu'il redoutait, mais en pire…

Bien pire.

Le corps de deux autres mercenaires gisait au sol, touchés chacun de deux impacts mortels, sans doute à bout portant ou du moins dans des duels très rapprochés.

Un troisième avait le cou *a priori* rompu. *Close combat*, ne put s'empêcher de penser Schroeder.

Et puis, il y avait cette femme, allongée dans un bain de sang, entièrement nue, le corps couvert d'entailles larges et profondes dans lesquelles Schroeder reconnut immédiatement l'œuvre d'un couteau de combat.

Cheveux roux colorés, tatouages et piercings divers, visibles de tous désormais, mais surtout un corps que Schroeder avait vu, moins de douze heures auparavant, plein de vie, insolent.

Le corps sans vie, atrocement torturé d'Anja Lumbt.

Il eut l'impression que ces jambes allaient le trahir. Il se pencha, lui caressa la joue gauche machinalement, puis lui ferma les yeux. Il se releva comme groggy.

Il sentit une main délicatement l'aider : c'était Zledt. Une fois qu'il se fut redressé, elle le lâcha, mais il sentit la chaleur de sa main toute proche de la sienne et son souffle court, témoignant du choc qu'elle avait reçu, comme tous sur place.

Felder s'avança à son tour. Il retira la veste qu'il portait et, au mépris de toutes règles médico-légales, il recouvrit le haut du corps nu, Baxter qui venait de les rejoindre fit de même pour le bas.

Un SWAT ramassa un badge et une carte d'identification militaire qui se trouvaient un peu plus loin, près de vêtements déchirés qui avaient été visiblement jetés dans un coin.

Il avisa les trois chefs de groupe qui s'étaient regroupés en silence et les apporta au sien. Celui-ci les prit, puis fit signe à tous les SWAT et policiers militaires de se reculer.

Ayant appris lors de leur déplacement qui était l'officier de la Garde, il s'approcha du lieutenant-colonel Schroeder, lui remit les documents officiels et dit d'une voix presque murmurée : « elle devait être une combattante hors pair, cinq adversaires neutralisés sur huit, cela relève de l'exploit, mon colonel. Si votre amie n'avait pas été immobilisée par un tir de *taser*, elle les aurait peut-être même tous eus ».

Schroeder secoua la tête, se disant en lui-même qu'il n'avait même pas vu les traces d'impact des fils électriques.

Felder lui dit alors doucement : « ne restez pas ici, vous allez vous faire du mal inutilement. Je reste m'occuper de tout. On prendra soin d'elle. Focalisez-vous sur la menace, cela vous aidera. Il y a sûrement des documents exploitables dans leur planque à l'hôtel et moi, je fouillerai ici, ne vous inquiétez pas. Je dirai aussi au central de la police qu'on fasse tout pour pister les deux véhicules en fuite. Le GPS du troisième a même peut-être commencé à parler ».

Bien que conscient que ce dernier point était plus destiné à le faire bouger qu'un réel espoir, Schroeder opina du chef.

Felder dit à Zledt de le suivre. Tous deux sortirent de la pièce et traversèrent l'autre, entre deux rangées de policiers des groupes d'intervention et de policiers métropolitains qui les avaient rejoints.

En quittant l'immeuble, ils croisèrent la police scientifique et technique et les agents de l'institut médico-légal encore inconscients du drame qui venait de se jouer.

Retour des enfers… jeudi 16h30

Schroeder allait rejoindre son véhicule un peu mécaniquement quand l'inspectrice adjointe lui proposa de prendre le volant de son Defender. Il la remercia, mais lui dit qu'elle serait ennuyée après pour récupérer le sien.

Elle balaya l'objection en disant qu'un policier en tenue de la police métropolitaine pourrait le faire et joignant l'acte à la parole, elle en avisa un qu'elle semblait connaître de vue. Elle lui demanda de bien vouloir s'en occuper ce que l'intéressé accepta volontiers.

C'est dans cet équipage qu'ils s'éloignèrent.

La jeune femme rousse lui dit alors qu'elle savait que Felder lui avait conseillé de se lancer tout de suite dans la traque et qu'il avait raison sur le fond, mais que s'arrêter quelque part prendre un café, une noisette corrigea-t-elle avec un sourire, ou même une boisson plus forte ne pourrait pas faire de mal.

Il allait refuser puis se ravisa et accepta.

Il était presque seize heures. Elle précisa qu'elle connaissait un endroit parfait, calme, confortable, à l'abri des regards et du bruit. Il obtempéra en esquissant même un vague sourire.

C'était une sorte de pub où il n'y avait effectivement pas grand monde et où des petits box cassaient la perspective. Les banquettes de skaï étaient, du reste, très confortables.

Une barmaid brune à la peau mate vint leur demander ce qu'ils voulaient commander. Visiblement, elles se connaissaient et la nouvelle venue reluquait sans guère de discrétion le géant. Ce dernier opta pour un crème, cette fois-ci, et l'inspectrice-adjointe demanda la même chose.

Une dizaine de minutes plus tard, la commande arriva :

« Voilà, Heidi. C'est donc ton fameux militaire ? Ta description était en deçà de la vérité, ma chérie !

- Méline, tu exagères, répondit la jeune femme embarrassée et qui devint toute rouge. Je suis confuse, dit-elle en se retournant vers Schroeder, alors que la dénommée Méline partait en riant, tout en ajoutant :

- Assumes un peu ! Où tu passeras encore à côté de quelque chose, bourrique !

- Je suis vraiment désolée, cela doit vous donner l'impression d'un piège, mais je vous jure que ce n'est pas du tout cela.

Je voulais juste vous dire …enfin, je ne sais pas trop quoi exactement…En tout cas, je sais que l'appréciez et, après cette nuit, forcément, ce doit être un choc encore plus violent.

- Cette nuit ? Que voulez-vous dire ?

- La nuit passée ensemble, répondit-elle, redevenant rouge.

- Elle est effectivement passée hier soir, qui plus est dans ma chambre. Elle voulait prendre une douche, n'ayant plus de logement digne de ce nom, comme nous avons pu le constater tout-à-l'heure. Mais elle est repartie après m'avoir donné les informations qu'elle voulait me communiquer. Le dossier déposé ce matin l'a été sans que je la voie. D'ailleurs, visiblement, elle en avait profité pour changer son apparence plus tard dans la nuit.

- Je suis confuse, je suis complétement stupide.

- Pas du tout ; je ne dis pas qu'elle ne sait pas monter délibérément provocatrice et, pour dire vrai, elle s'est exhibée nue. Mais elle était ainsi, exhibitionniste et provocatrice, sans forcément vouloir plus. Surtout entre nous. Cela tenait de la chamaillerie entre amis, sans plus. Plus, il y a eu avant, c'est vrai. Avant Allyson ».

Elle l'avait écouté et ses sentiments s'entrechoquaient. Elle avait été rapide à la conclusion et, maintenant, elle avait la curieuse impression d'être jalouse d'une et, même, de deux mortes.

« Vous savez, Zledt, c'est curieux. Hier soir, Anja m'a tenu des propos très proches de ceux que vous a sortis, Méline, c'est cela son prénom, je crois. Elle semblait vous apprécier. Elle a même fait sa dernière teinture en rousse. Sa dernière provocation.

- Mais elle ne me connaissait pas ! Comme vous le disiez vous-même, elle aimait vous plaisanter, vous provoquer même.

- Je ne dis pas le contraire, mais même instinctive et entière, elle n'en était pas moins observatrice et très douée pour analyser les gens, voir au plus profond d'eux-mêmes. Cela l'avait d'ailleurs toujours sauvée jusqu'à présent ».

Elle le vit repartir dans ses pensées.

« Il faut croire que nos amies pensent mieux nous connaître que nous-mêmes.

- Ou nous comprendre. Peut-être. Nous comprendre mieux que nous-mêmes ».

Il ne put s'empêcher de voir la trentenaire rousse autrement. Ou, peut-être, l'avait-il en réalité vu, ainsi, au fond de lui-même, depuis leur première rencontre, dimanche, et Anja avait su déceler son mensonge intérieur. « Peut-être. Je vous remercie de m'avoir amené ici ; c'est charmant, reposant comme vous me l'aviez dit. Mais je pense que nous devrions y aller avant que Méline n'en fasse trop en nous voyant nous éterniser ici, quand pensez-vous Zledt ?

- Heidi. Enfin, si cela ne vous dérange pas bien sûr ». Elle avait sorti cela spontanément en écoutant les dernières phrases de Schroeder. Elle avait senti son changement d'attitude envers elle. Ou c'est ce qu'elle espérait, peut-être, tout simplement. En tout cas, pour la première fois de sa vie, elle avait voulu faire preuve de spontanéité, être nature.

« Heidi. Appelez-moi Hank ou même Kenny comme beaucoup le font.

- Je crois qu'il vaut mieux continuer comme avant lorsque nous sommes en public ; vis-à-vis des autres, …Kenny ».

Elle dit cela avec un large sourire qui réchauffa le cœur de Schroeder.

« On fait ainsi, Heidi. Maintenant allons découvrir quelle cible et quel vol sont visés. Et butons cette salope. Je suis sûre que c'est elle qui s'est acharnée !

— Je te suis », dit-elle en lui touchant l'épaule alors qu'ils se levaient tous les deux.

Elle se dit en sortant du pub qu'elle avait bien évolué pour ainsi se lancer dans le tutoiement.

En tout cas, en partant ainsi ensemble à la chasse, elle avait l'impression de se sentir invincible. De se sentir légère comme elle ne l'avait jamais été, si tant est qu'elle ait pu l'être un jour. Elle, la petite fille, trop rousse, trop grande, blanche comme un cachet d'aspirine, disaient ces camarades de classe, bref, moquée toute sa vie d'enfant et d'ado. Certes, depuis, comme adulte, elle avait été courtisée, mais n'en avait pas moins continué à entendre les poncifs sur les rousses, quand ce n'était pas la question déplacée qui, parfois, était le seul motif du rapprochement.

Elle se sentait renaître.

Et elle aussi se sentait d'humeur à tuer cette « salope ».

La chasse reprend...jeudi 21h

Ils retournèrent tous deux dans l'hôtel voir ce qui avait pu être trouvé dans les chambres.

Mais, d'emblée, Clédane et Seiller leur précisèrent qu'il y avait peu de choses intéressantes. Des vêtements pas forcément très propres, des armes ayant déjà été utilisées, cela sans grande surprise, des papiers qui, le plus souvent, étaient des publicités de *fast-food*. Cependant, les techniciens s'étaient arrêtés sur quelque chose de plus prometteur. Ils leur présentèrent des badges du service de l'État en charge de la sécurité sur les aéroports et aérodromes de Hwlasie-occidentale.

« Cela permet d'accéder à des endroits sécurisés dans les différents aéroports de l'état ?

- C'est ce que nous avions pensé initialement. Mais, en réalité, aucun de ceux-ci ne permettent d'entrer dans leurs locaux, sécurisés ou non.

- Cela n'a pas de sens. Ils servent bien à quelque chose ces fameux badges, fit Zledt.

- Effectivement, mais pas du tout ce que nous pensions. Ils ne permettent que d'entrer dans des bâtiments annexes qui sont des sortes de tours de contrôle de secours. Elles ne servent que si les principales, celles des aéroports, pour faire simple, tomberaient en panne.

- Ils ne permettent « que » d'entrer ? Mais ce sont bien des endroits sensibles par lesquels on pourrait dérouter ou faire chuter des avions, non ? En leur donnant de mauvaises indications, par exemple ?

- Non, justement. Nous avons contacté les différents services, ainsi que l'aéroport international de Lembourg. Clairement, la prise de contrôle de ces tours annexes ne leur permettrait pas de faire quoique ce soit d'irréparable. Ils ont dû leur trouver un intérêt, sinon ils ne se seraient pas ennuyés à faire ces badges, au demeurant remarquablement réalisés, mais nous n'avons pas trouvé ce que c'est.

- Voilà qui est frustrant. Sinon le 4/4 a donné quelque chose.

- Cette fois, le GPS a été utilisé. Précisément pour aller sur plusieurs de ces sites.

- Plusieurs, pas tous ? fit l'inspectrice-adjointe rousse.

- Montrez les nous ».

Un des techniciens sortit une tablette tactile et fit apparaître les adresses relevées sur le GPS. Cela affichait une ligne Nord-est / Sud-ouest, au nord de l'état.

« Cela ne te rappelle rien, fit Schroeder, qui prit dans sa réflexion n'avait pas fait attention qu'il la tutoyait.

- Si, je suis sûr d'avoir déjà vu cela !

- Moi aussi… moi aussi… mais où… ».

C'est alors qu'il claqua des doigts et se retourna vers elle : « la carte dans la cave d'Anja ; c'est le même tracé. Elle avait dû trouver quelque chose qui ramenait à ce tracé. Il représente un vol, c'est sûr ! Tout cela est rageant, je suis persuadé que nous sommes à deux doigts de la réponse ».

Il réfléchit, puis leur demanda s'ils avaient quelque chose quant à Aretza Kalls. Ils lui répondirent qu'elle n'avait pas habité là, même si elle y était bien venue comme en témoignaient des empreintes trouvées dans une des deux chambres.

Il appela Mills pour savoir si les cartes bancaires ou le fait de connaître les différents alias de l'intéressée, ainsi que ces traitements médicaux avaient pu donner du nouveau. Il répondit que non, mais qu'ils étaient toujours sur le coup, ainsi que la police d'État et la police métropolitaine.

Clédane dit alors à Schroeder qu'il devrait aller se reposer, prendre le temps de se poser après ce qui était arrivé et qu'il garderait « la maison », pendant ce temps, en assurant une permanence dans ses locaux.

Seiller qui avait trouvé Zledt changée, lui dit de le raccompagner au cercle mixte. La capitaine assura aussi son chef qu'il serait le premier contacté s'ils apprenaient quoique soit et qu'elle resterait épauler l'inspecteur-chef cette nuit en assurant l'astreinte avec lui.

Même s'il n'en avait pas envie, il savait en son for intérieur qu'ils avaient raison.

Il appela cependant par acquis de conscience le bureau central qui ne put que lui dire que les services de renseignement de l'Armée et de la Marine n'avaient pas avancé. Il demanda alors si ceux de la Garde avaient enfin décidé de collaborer. Malgré tout ce qui était arrivé, ce n'était pas le cas. Il jura, trouvant cette position indécente face à la mort d'Anja.

Dégouté, ressentant comme une forme de trahison à son endroit, il pria Heidi de le ramener au cercle mixte, sans plus attendre.

Il remercia les policiers présents, puis suivi la jeune femme rousse.

Ils arrivèrent vers dix-huit heures à destination. Schroeder lui proposa de prendre un verre, pour la remercier pour son attention de l'après-midi. Elle accepta et ils allèrent au bar où ils commandèrent deux bières pression et un paquet de cacahouètes.

Ils commencèrent à parler de choses et d'autres, lorsque des officiers entrèrent et s'installèrent.

L'un d'eux alla demander des consommations au barman et lui demanda de mettre la télévision en marche, ce qu'il fit. Comme le matin, ce fut une chaine d'information continue qui fut sélectionnée.

Zledt se pencha vers Schroeder et lui dit ce type de médias était désespérant. Pour elle, le fait qu'ils n'arrêtent pas de répéter en boucle des nouvelles plus catastrophiques les unes que les autres avaient de quoi rendre neurasthénique même un clown. Ils en rirent tous les deux et il posa instinctivement sa main sur la sienne. Elle le fixa, sentant son cœur s'accélérer. Il la retira alors, en s'excusant. Ce fut elle qui refit alors le geste, en lui disant tout bas qu'il n'y avait pas de problème.

Schroeder n'avait plus ressenti ce qu'il était en train de vivre depuis le « départ » d'Allyson. Même le comportement polisson, pour ne pas dire plus, de la pauvre Anja, la veille, ne lui avait procuré un tel moment de bien-être.

Il en était à se demander s'il allait l'inviter à diner quand une information retint brusquement son attention.

*
* *

Il savait qu'il l'avait vu le matin déjà, mais elle lui avait échappé. Il demanda à l'autre table de quoi traitait le bref reportage qui venait de passer.

« Vous devez bien être le seul à ne pas le savoir, tout le monde en parle. Il s'agit du voyage officiel de l'oncle du Princeps, Angus, en Cestrie, lui répondit un d'entre eux.

- Oui, compléta un second, il doit à la fois rappeler le plein ancrage de cette fédération à l'Union et rassurer tous leurs états fédérés, notamment, les trois irréductibles qu'ils ne seront pas mis à l'index, quoique certains en disent.

- Il va essayer de siffler la fin de partie pour les quelques provinces encore récalcitrantes. De toute manière, celles qui sont déjà rentrées dans le rang dans ces trois états commencent à s'impatienter vis-à-vis de leurs concitoyens jusqu'au-boutiste ;

- Ce n'est plus qu'une question de temps, le sodalisme est bel et bien fini !

- Peut-être, mais on aurait pu régler cela plus vite, moi je vous le dis, maugréant un troisième en sirotant son apéritif.

- En tapant dans le tas ! C'est n'importe quoi.

- En attendant, la famille est obligée de refaire ce voyage, alors que l'impératrice Liektka l'avait déjà entrepris il y a deux ans ».

Il les laissa à leur discussion politique qui prenait une pente dangereuse à son sens. Surtout, il y avait là, le rappel d'un souvenir douloureux qui commençait justement à s'estomper ce soir.

Mais, en même temps, il avait également, désormais, une partie de la solution.

Il téléphona à Clédane et, d'une voix presque sourde, il lui dit qu'il connaissait la cible, le trajet du vol et qu'il ne restait que le jour et l'heure à déterminer, information que la Garde avait en sa possession. Les mercenaires sodaliens, où ce qu'il en restait, voulait abattre l'avion de l'oncle du Princeps, le Prince Angus, son ancien précepteur.

Zledt resta sans voix. Avant de raccrocher, il précisa qu'il allait adresser séance tenante un mémo à la permanence opérationnelle du département d'Etat à l'Armée et à l'officier de permanence du bureau central du SICDEA.

Il le rédigea directement de son smartphone de service, puis le leur adressa, avec en copie le bureau principal de Hwlasie et le bureau local du SICDEA, ainsi que le commandement des XXIIe corps et VIII[é] flotte.

C'est alors qu'un adjoint de Mills appela pour lui dire que la piste des traitements médicaux avait peut-être donner quelque chose.

On avait ciblé une même commande pour les deux types de médication. Elle devait être retirée, le lendemain, à quatorze heures dans une petite pharmacie d'un quartier résidentiel de Lembourg.

Il se leva alors et dit à Zledt :

« J'aurai bien aimé t'inviter à diner, mais je crains qu'il faille remettre cela. Je vais prendre une bonne douche et voir s'il y a du nouveau à Solburg, tout en essayant de dormir un peu. Je me rendrai tôt au bureau local.

- Si tu le veux, je peux rester avec toi. Au cas où nous devrions rejoindre rapidement le SICDEA ou une planque quelconque de Kalls, je veux dire ».

Il la remercia, mais lui dit qu'elle devait également penser à se reposer. Aussi fatigués l'un que l'autre, ils ne seraient bon à rien le lendemain s'ils restaient veiller dans l'espoir d'un hypothétique appel.

Elle acquiesça et se leva. Il la raccompagna dehors. Cela permettait aussi de passer ces dernières minutes sans spectateur. C'est alors qu'ils se rappelèrent qu'ils avaient utilisé la même voiture.

Tous deux eurent, à ce moment-là, la même idée, mais ne la formulèrent pas.

Finalement, elle lui dit qu'elle allait rentrer en prenant un taxi dont une station se trouvait dans le camp militaire même. Ils patientèrent ensemble, dans un silence un peu pesant, que le véhicule arriva, ce qui, d'ailleurs, ne prit que dix minutes tout au plus.

Il lui déposa un délicat baiser sur une joue, alors qu'elle lui tenait la main.

Tandis que chacun rentrait chez lui, les deux pensèrent à ce qui aurait pu se passer.

Avec regret.

ACTE 6 : VENDREDI

> Ciel et océan ne sont que les deux faces d'une seule pièce de monnaie.
>
> Ensemble, ils sont un tout.
>
> Séparément, ils ne valent que ce que vaut un quartier.

Proverbe du Principat

Pendre l'initiative...vendredi 3h

Schroeder rentra dans sa chambre et prit une douche revigorante. Il ne pouvait s'empêcher de penser que le dénouement était proche, mais qu'il ne maîtrisait pas pour autant le *tempo*.

Et, le plus rageant était qu'il subodorait que certains à la Garde avaient suffisamment d'informations pour mettre fin à la folie qui se préparait ou, du moins, permettre de la circonscrire et d'en limiter les effets.

Il appela les permanences de Solburg mais en vain. Pire, il sentit comme un semblant d'exaspération, sans doute provoquée par le même sentiment d'impuissance.

Il descendit dîner au restaurant du cercle, mais en réalité n'avait pas très faim. Il opta pour une salade composée et un yaourt brassé à la cerise. Il demanda s'il pouvait bénéficier d'un café sur place sans être obligé d'aller au bar. Le serveur lui répondit qu'il n'y avait aucun souci et qu'il le lui apporterait.

Un convive d'une table proche, qu'il avait croisé précédemment lui demanda, sans aucune finesse, s'il était seul et où était partie la grande rousse de tout à l'heure. Il le fusilla du regard, mais ne répondit rien. Comme un fait exprès, il reçut alors un SMS de Heidi Zledt lui disant qu'elle était bien rentrée chez elle.

Rien de plus.

Rien de moins non plus.

Il retourna dans sa chambre, examina, de nouveau, sur son ordinateur portable, les différentes pièces du dossier, les photos et rapports divers dont les siens.

Il finit par s'endormir, encore habillé.

À deux heures du matin, il se réveilla brutalement. Une idée avait germé dans son cerveau en veille active. Une évidence, telle, qu'il se reprocha de ne pas avoir l'appréhendée plus tôt et qui permettrait, *a minima*, au moins de parer le risque.

Il appela l'officier de permanence du bureau local à qui il demanda d'appeler son chef et d'établir une ligne sécurisée avec le commandement du Corps d'armée et de la Flotte, qui soit prête lorsqu'il arriverait, soit dans une vingtaine de minutes.

Il fit de rapides ablutions, prit un café soluble avec la bouilloire à disposition dans la pièce, changea de tenue, la sienne étant froissée et de la veille, vérifia ses armes de poing, puis quitta sa chambre.

Comme prévu, il était dans les locaux du SICDEA, dans le délai avancé. L'officier de permanence l'accueillit et lui dit qu'il finissait de préparer la salle de réunion pour une visio, mais que tout le monde était avisé, y compris ceux de son équipe. Il précisa que le colonel Zander Strucker se déplacerait sur place et ne devrait plus tarder.

La thermos de la pièce ayant encore du café, quoique désormais tiède, il se servit.

Enfin, tout le monde fut en ligne, en vidéo pour certains, en audio pour Clédane, Felder et Zledt qui étaient chez eux. Le lieutenant-colonel Schroeder prit la parole, dès que Strucker la lui donna après avoir remercié, pour leur présence, les différentes parties.

« Je ne reprendrai pas la genèse de cette affaire, ni les développements que celle-ci a connu depuis près d'une semaine, désormais. Les rapports préliminaires et complémentaires sont assez précis et certains d'entre vous les ont même vécus.

Ce dont nous sommes sûrs à présent, c'est qu'il ne s'agit plus uniquement d'une affaire de contrebande, mais bien de terrorisme politique fomentée par un mouvement que nous pouvons imaginer sodaliste.

Le dossier de la contrebande devra, bien sûr, être traité en son temps, mais il est évident que l'effort doit se porter sur l'attentat projeté.

Nous sommes à peu près sûr qu'il s'agit d'abattre un avion en plein vol.

Nous sommes à peu près sûr que la cible est l'oncle du Princeps, le Prince Angus.

Nous sommes à peu près sûr que cela se fera sur un axe aérien Nord-est / Sud-ouest que nous avons trouvé lors de nos perquisitions.

On sait qui, on sait contre qui, on sait comment, il reste quand et où, mais très précisément, cette fois-ci ! Comme la Garde qui pourrait lever la question du quand ne se décide pas à répondre et que nous ne pouvons écarter le fait que ce soit incessamment, je propose d'intervenir sur le où ».

*
* *

Pour ménager ces effets et s'assurer qu'il est bien l'attention de tous à cette heure avancée de la nuit, il s'interrompit quelques instants, puis reprit en élevant la voix :

« Nous savons que les terroristes ont des badges pour les tours de contrôle de secours du réseau aérien, plus particulièrement celles qui sont sur notre fameux parcours. Sachant qu'ils ne peuvent pas détourner un avion ou intervenir sur ses systèmes réseaux, pourquoi ont-ils besoin de ces accès ?

Pour suivre le trajet d'un avion dont le plan de vol va rester secret. En activant les consoles, ils pourront l'identifier par son transpondeur et optimiseront leur chance de l'abattre à coup sûr, et dans la zone qui leur convient.

Cela pourrait même leur permettre de faire de la communication en envoyant sur place, avant tout moyen de secours et de protection, une équipe de tournage. Imaginez l'effet sur le net !

En prenant le contrôle de ces tours, au mieux, on arrête leur folie, au pire, on les bouscule. Et c'est dans ce genre de cas qu'un adversaire multiplie les erreurs qui le font tomber. Je ne prétends pas, nécessairement, mettre la main sur les lance-missiles manquants de cette manière, mais on les paralyse. Voilà. Qu'en pensez-vous ? ».

Il y eut un silence lorsqu'il eut fini sa démonstration. Ce fut un officier supérieur du XXIIe corps d'armée qui le rompit.

« Je trouve pour ma part que votre proposition répond à la problématique, surtout tant que la Garde ne nous en dira pas plus. J'imagine qu'il faut cependant des moyens humains conséquents, car il s'agit de prendre un assez grand nombre de points, de manière simultanée, le plus tôt possible et de les tenir pendant une période que nous ne savons pas encore préciser. Exact ?

- Exact. C'est pourquoi il faudra, à mon sens, l'intervention de forces spéciales de l'Armée et de la Marine, car nous ne pouvons rater la prise, simultanée, de tous ces points sensibles.

- Et, il faudra l'autorisation de Solburg.

- Affirmatif, répondit Schroeder au capitaine de vaisseau qui représentait le VIIIe flotte.

- Ne craignez-vous pas que la Garde ne bloque tout encore ?

- J'espère que nos deux départements d'Etat ne voudront pas jouer avec le feu sur un sujet aussi grave et passeront outre si cela devait être le cas.

- En tout cas, ici on va présenter immédiatement votre plan au centre opérationnel du DEA.

— Et nous à celui du département de la Marine, en suggérant, une fois les deux accords obtenus, un mémo sous double timbre pour lancer l'opération. Peut-être que le directeur général du SICDEA dont les services sont au cœur de cette opération depuis le début voudra également le ratifier ?

- Ce serait une bonne idée et je vais la soumettre dès la fin de cette réunion, fit Strucker.

- Si vous n'avez pas de question, je propose que nous mettions fin à cette réunion afin de saisir nos chefs respectifs, sans délai, comme cela a été suggéré ».

Tout le monde ayant acquiescé, les contacts vidéo s'interrompirent. Seuls restèrent en ligne les inspecteurs en audio.

« Il faut également que nous préparions la mission « pharmacie ». Qui sait, on pourra peut-être faire une touche décisive à quatorze heures, fit Schroeder à leur intention.

- Vous voyez cela comment, demanda Felder dans un bâillement qu'il ne put réprimer.

- Les groupes d'intervention de la police métropolitaine et ceux de la police militaire ont été pas mal sollicités ces derniers jours. Pensez-vous possible que nous puissions faire appel aux vôtres, inspecteur-chef ?

- Aucun souci, le surintendant Coller a été très clair à ce propos et je sais qu'il s'en était entretenu auparavant avec le super-intendant-général. Vous aurez nos SWAT, vous pouvez en être assurés. Marc, quand tu auras fini de bailler, on verra pour coordonner leur action avec la police métropolitaine.

- On va attendre demain matin pour cela, d'autant que les équipes de jour prendront leur service…à quelle heure ?

-Sept heures trente pour la police métropolitaine.

- Merci, Heidi. Donc autant attendre, cela évitera la perte d'informations que sous-tendent souvent les prises de service et nous évitera de tout expliquer deux fois. Je propose que nous nous retrouvions dans vos locaux, à la police d'État, inspecteur-chef. Nous pourrons briefer directement vos SWAT sur place. Cela vous convient-il ? ».

Les deux-inspecteurs chefs hochèrent de la tête, mais Felder lança goguenard « et toi, *Heidi* ? ». On l'entendit répondre, comme si de rien n'était, "ça me va, merci Marc ».

À son tour, le chef du bureau local opina du chef. Schroeder conclut alors en donnant rendez-vous le lendemain, à neuf heures.

Il allait repartir quand le colonel Strucker lui proposa de prendre un verre dans la partie salon de son bureau.

*
* *

Quoique trouvant d'abord que l'heure ne s'y prêtait pas trop ou plus trop, il changea d'avis et le suivit.

Diverses boissons lui furent présentées, il retint un punch dont on disait dans tout le SICDEA que Strucker était un virtuose pour la confection. Ce dernier dégusta le sien tout en allumant un cigare. Il lui demanda s'il en désirait un, plus par politesse, sachant que son vieil ami ne fumait pas.

Il commença par lui dire qu'on lui avait proposé le poste d'adjoint au chef du bureau principal de Mestrie. Schroeder le félicita, ce poste étant synonyme d'accès au grade de brigadier général à brève échéance. Il le plaisanta sur les avantages du poste, notamment le logement de fonction ou encore la cave qui devait aller de pair avec celui-ci, les vignes de plusieurs états mestriens étant réputés dans toute l'Union. Son hôte en ria de bon cœur, tout en précisant qu'il n'avait pas encore dit oui, un poste de sous-directeur adjoint au bureau central devant également se libérer.

Puis presque insensiblement, il détourna la conversation sur Schroeder, lui demandant comment il allait, comment il avait vécu ces mois, puis ces deux années sans Allyson.

Enfin, il lui dit que ce ne serait pas elle qui lui en voudrait s'il refaisait sa vie avec une jeune femme sensible qui l'aime, il glissa « quelqu'un comme Heidi Zledt, par exemple ».

Puis, sentant qu'il convenait de ne pas le brusquer et lui laisser le temps de réfléchir à tout cela, il conclut en lui disant que personnellement ce verre l'avait « cassé » et il lui proposa que chacun aille se coucher en vue d'une nouvelle journée qui promettait d'être encore riche en actions. Schroeder en convint et reprit sa voiture pour le cercle.

En se couchant, il envoya un sms à Zledt en lui demandant si elle avait besoin d'être conduite le lendemain, car elle n'avait pas forcément récupéré sa voiture qu'elle avait confié à un policier en tenue. La réponse vint étonnement vite, vu l'heure. Elle déclinait, lui précisant qu'on l'avait, en fait, déjà ramenée chez elle, mais qu'elle était très sensible à cette attention. Elle signa Heidi comme elle avait débuté par Kenny.

Peut-être espérait-il qu'elle l'invite à prendre un café par politesse avant de prendre la route ensemble, se dit-elle.

Cela lui aurait permis de voir son intérieur, ses goûts en matière de décoration, de livres. L'aménagement d'une demeure peut être très révélateur.

Peut-être aurait-elle du dire oui.

Regret.

Peut-être n'aurait-il pas dû lui faire cette proposition qui a pu donner à Heidi l'impression qu'il lui mettait la pression, se dit-il.

Il se le reprocha.

Regret.

L'étau se resserre... vendredi 14h

Tous se retrouvèrent au siège de la police d'État. Seul Hank Schroeder s'était rendu au bureau local dans un premier temps.

Il voulait s'entretenir au préalable avec les chefs-sergents-majors[9] Catherine Op et Michel Choup.

Il connaissait de vue ces deux sous-officiers supérieurs pour les avoir croisés à Solburg dans les locaux du bureau central, mais n'avait jamais travaillé avec eux personnellement.

Ils s'agissaient de deux militaires de trente-neuf et trente-sept ans, très affûtés physiquement et experts en maniement des armes à feu et en combat rapproché. Leur transfert des forces spéciales au département des opérations spéciales d'intervention du bureau central du SICDEA remontait à deux ans.

Ils lui dirent que c'était un honneur de travailler avec lui et, qu'outre ses succès en tant qu'enquêteur qui faisait déjà de lui une légende, ses actions, lors de la crise majeure deux ans auparavant, en faisait pour eux une forme de héros. Il tenta d'esquiver le sujet et s'assura qu'ils avaient une vue complète du dossier. Il leur fit alors un point sur la réunion de la nuit à laquelle il ne leur avait pas demandé de se joindre, ce qu'il aurait peut-être dû faire, d'ailleurs.

Une fois, cela fait, ils partirent rejoindre les autres, lui dans son véhicule, les nouveaux venus dans un autre Defender que le 22e bataillon de police militaire avait mis à leur disposition à la demande du bureau local qui ne disposait, pour finir, que de moyens logistiques comptés.

---

[9] Major dans les armées françaises.

Clédane s'était assuré qu'ils puissent bénéficier d'une salle de réunion avec des moyens de transmission renforcés. Connaissant les petites habitudes de Schroeder, un thermos de café avait également été préparé.

Ils se saluèrent et l'inspecteur-chef leur proposa de se servir, ainsi que de mini-viennoiseries qu'il avait achetées avant de venir. L'officier supérieur se dit qu'il aurait dû penser faire la même chose les jours précédents, ces mêmes produits pouvant être récupérés au bar du cercle des officiers, s'il faisait la commande la veille.

Heidi prit deux gobelets, les remplit et en apporta un à Schroeder et l'autre à Felder qui lui fit un petit coup d'œil entendu, puis alla s'en faire couler un.

Il n'y avait pour le moment aucun retour des deux départements ministériels, même s'il était bien confirmé que le projet était désormais dans les mains des directeurs de cabinet des deux secrétaires d'État, après avoir été visé par chacun de leur conseiller militaire respectif.

Pour autant, le vice-amiral commandant la VIIIe flotte et le lieutenant-général commandant le XXIIe corps d'armée avait mis en place, dès à présent, une structure commune pour que leurs forces spéciales préparent, de concert, la prise des tours de contrôle de secours.

La mission était étendue aux aéroports locaux qui ne faisaient l'objet d'aucune surveillance particulière en temps normal et sur lequel l'empreinte policière pouvait être fort légère. Elles disposaient, elles-aussi, d'une tour de contrôle qui pouvait être une cible de repli pour les terroristes, même si leur champ d'action était notoirement plus limité.

Ne pouvant guère faire plus pour le moment, la *task force* de Schroeder étudia l'opération prévue l'après-midi. A savoir, l'interception de celui ou ceux qui viendraient retirer les médicaments.

La pharmacie visée était une officine présente dans un mini—centre commercial composée de cinquante enseignes dont des bars et restaurants formant un fer à cheval enserrant un parking.

L'entrée donnait sur une deux fois deux voies avec séparateur central et une station de bus proche, l'ensemble se trouvait au milieu d'immeubles ne dépassant pas quatre ou cinq étages dans un quartier résidentiel, plutôt destiné à la classe moyenne.

Les deux chefs de groupe des SWAT de la police d'État, et trois cadres de la police métropolitaine en tenue qui les avaient rejoints, expliquèrent comment ils avaient conçu la manœuvre.

Ils s'étaient permis d'y inclure d'office le personnel de la *task-force* qui agiraient en civil sur place, ce que Schroeder approuva d'un geste de la tête.

Ils devaient prendre place dans les bars et commerces ainsi qu'à l'arrêt de bus le plus proche de l'accès parking, répartis idéalement en couple.

C'est ainsi que Baxter et Seiller se positionneraient à la station de transport en commun, Op et Schroeder dans un café situé à la gauche de la pharmacie, tandis que Felder et Zledt seraient dans un autre, à sa droite. Clédane resterait dans un véhicule de commandement banalisé, avec un officier de la police métropolitaine en tenue.

Un groupe SWAT se tiendrait, prêt, dans deux pièces situées à l'arrière de l'officine et Choup, dont le visage ne pouvait être connu des mercenaires, jouerait le rôle d'un personnel de celle-ci.

Le second groupe SWAT serait, quant à lui, dans un utilitaire, sur le parking.

Il fut arrêté que le dispositif commencerait à se mettre en place dès midi avec ce dernier véhicule et celui de commandement, ainsi que Choup et le groupe SWAT de la pharmacie.

Les deux capitaines ne pouvant rester indéfiniment à la station de bus sans attirer l'attention, il devait d'abord déjeuner dans un des restaurants de la zone commerciale, puis rejoindre leur position à treize quarante, en prenant leur temps. Les deux « couples » s'installeraient entre treize heures et treize heures trente après avoir fait semblant de flâner dans diverses enseignes.

Des véhicules banalisés de la police municipale devaient, quant à eux, circuler dans le quartier et être en mesure de bloquer l'entrée du parking sur ordre.

Il n'y avait plus qu'à attendre.

*
* *

Le dispositif se mit en place sans accroc jusqu'à ce que vers treize heures trente, Baxter et Seiller virent deux hommes à l'allure relativement martiale s'assoir à la terrasse de leur restaurant.

Changeant les plans, Shroeder demanda aux deux capitaines de ne plus se rendre à l'arrêt de bus et de rester où ils étaient.

Des deux "autres" couples, c'était celui composé de Felder et Zledt qui se trouvait de ce côté de l'aller.

Les deux potentiels cibles n'avaient visiblement repéré aucun des couples ou des véhicules, mais scrutaient intensément l'officier supérieur, installé de l'autre côté de l'allée centrale. Puis, finalement, ils eurent l'air de se détendre et l'un fit un signe de tête à son comparse qui envoya un SMS.

Quelques minutes plus tard, une voiture entra sur le parking et se gara à quelques mètres seulement des SWAT. Un homme était au volant et une femme à la peau très mate, qui était à côté de lui, descendit et se dirigea vers la pharmacie. Schroeder sut instantanément que c'était également une de leurs cibles, sans être pour autant être Aretza Kalls.

Il reçut alors un message de Strucker lui disant que les commandements militaires avaient reçu le feu vert de Solburg. Cette partie de l'opération devait commencer dans la nuit.

Pendant ce temps-là, la mercenaire était entrée dans la pharmacie. Elle fit un tour, regardant un certain nombre d'articles de parapharmacie, sans doute pour vérifier les lieux. Rassurée, elle alla à un des guichets et se retrouva face à Choup qui avait fait en sorte de la servir.

C'est alors que Schroeder se leva pour entrer à son tour dans le commerce. Dès que ce fut fait, Choup verrouilla les portes vitrées en position fermées et les SWAT sortirent des réserves.

Simultanément, les véhicules de police banalisés bouclaient l'entrée du parking et le second groupe d'intervention surgit de sa camionnette. Pendant que trois hommes se mettaient en position autour de la voiture des terroristes dont le conducteur n'opposa aucune résistance, les autres se postaient en vue de contrer une menace potentielle, encore non identifiée à ce stade.

Les deux individus attablés se levèrent, presque instinctivement, et brandir des armes de poing. Baxter déclina son identité et sa fonction, puis leur intima de déposer leurs armes.

Ils ouvrirent cependant le feu, le blessant à l'épaule et au torse, Felder, Zledt et Seiller ripostèrent immédiatement.

Dans la pharmacie, la femme se rendit également rapidement face aux différentes armes braquées vers elle.

Schroeder la fouilla et lui retira un pistolet automatique et un couteau de chasse qu'il remit à un des SWAT. En sortant de la pharmacie dont les portes vitrées avaient été rouvertes, il vit Seiller prodiguer les premiers soins à Baxter pendant que Zledt demandait à la radio un véhicule de secours.

L'homme de la voiture avait été, quant à lui, extirpé, de la voiture *manu militari* et se tenait jambes écartées, bras sur le capot, tenu en respect par un policier d'intervention, pendant qu'un autre le fouillait et le désarmait. Le troisième SWAT inspecta, quant à lui, l'habitacle.

C'est alors que la situation se dégrada très rapidement et, de manière imprévisible.

Un coup de feu puissant éclata, suivi d'un second. Ils provenaient de plus haut et de derrière eux.

*
* *

Felder s'écroula, touché ainsi que le SWAT qui tenait en respect l'homme de la voiture. Ce dernier tenta alors de désarmer celui qui le fouillait, lorsqu'une troisième détonation intervint suivis d'un tir de riposte nourri de la part de plusieurs policiers postés. Le dernier coup de feu inconnu avait touché en pleine tête le SWAT qui portait les armes de la fille. Celle-ci tenta de les récupérer, mais Choup lui sauta littéralement dessus et lui fit une clé qui l'immobilisa immédiatement, non sans lui casser un bras.

Avec le départ de ce dernier tir, Seiller en avait repéré l'origine, ainsi que plusieurs SWAT, cela même qui avaient fait le tir de riposte.

Observant que l'homme de la voiture avait été maîtrisé de nouveau, assez sèchement, elle ordonna à trois policiers d'intervention et deux des véhicules banalisés de la suivre. Elle se rua vers un immeuble situé en face d'eux, suivis des cinq intéressés.

Zledt et OP restèrent près de Felder et Baxter, ainsi qu'un des deux terroristes sur lesquels ils avaient ouvert le feu, le second étant mort. Elles furent très rapidement rejointes par Schroeder et de deux de ses SWAT qui se postèrent, immédiatement, en protection.

Mais les tirs avaient cessé, et bientôt, les véhicules de secours purent arriver en nombre.

Quelques minutes plus tard, Seiller rendit compte à la radio, d'une voix déconfite, qu'ils avaient bien trouvé le lieu d'où les tirs étaient partis, mais qu'ils n'avaient pu appréhender personne.

Le bilan était lourd : un SWAT tué, un second blessé, ainsi que Baxter et Felder, tous deux sérieusement. En face, un terroriste était mort, trois blessés dont un très grièvement.

Et toujours pas d'Aretza Kalls ou de lance-missiles antiaériens.

Tout est à refaire...vendredi 22h

Schroeder retourna, un peu découragé, au bureau local. Après avoir vu Strucker qui essaya de lui faire voir les choses de manière plus positives, il rédigea son rapport préliminaire puis se rendit à l'hôpital.

Il y retrouva Seiller et Zledt.

Felder, aussi graves avaient pu paraître ses blessures sur le parking, était désormais hors de danger. Opéré en urgence, les balles qui n'avaient touché aucun organe vital avaient pu être extraites. Il aurait bien évidemment droit à une très longue convalescence, mais il s'en sortirait. Pour autant, sa condition physique déjà handicapée par un surpoids excessif, ne lui permettrait sans doute plus de faire du terrain.

Baxter était lui, malheureusement, dans une situation bien plus préoccupante. La balle au thorax avait perforé le poumon, mais un éclat avait également atteint une aorte. Il était toujours au bloc opératoire.

Clédane arriva pour prendre des nouvelles, suivi de près par Strucker, OP et Choup. Le chef du bureau local du SICDEA était très énervé à la suite d'une communication téléphonique assez houleuse avec Solburg.

En effet, si nulle critique n'avait été émise quant à l'action de l'après-midi, et même si la gestion du dossier par l'actuelle *task-force* avait plutôt été louée, les pertes subies avaient fait penser à certains cadres du bureau central qu'il pourrait être opportun de la transférer à leur département des opérations spéciales, directement.

Cela revenait à dessaisir la chaîne des investigations criminelles, en premier lieu, celle du bureau principal de Hwlasie, certes, mais aussi celle du bureau central, puisque Schroeder, présent comme enquêteur superviseur, en relevait. Surtout, cela remettrait en cause l'autonomie attribuée à la *task-force* de Hwlasbourg et à celle de Lembourg.

Strucker avait protesté avec véhémence et, de manière assez surprenante, avait été appuyé par les commandements militaires concernés.

Finalement, le lieutenant-général directeur du SICDEA avait tranché en faveur du maintien de Schroeder à la tête de la *task force* et, plus généralement, confirmé la gestion locale de l'opération.

En contrepartie, il se devait de régler aussi vite que possible cette affaire et cela commençait par la prise en compte du réseau des tours de contrôle de secours et cde celles des aéroports et aérodromes secondaires, prévue pour cette nuit.

Ceci ayant fait l'objet d'une planification méticuleuse de l'état-major dédié, créé par les XXIIe corps et VIIIe flotte, Schroeder préféra axer le travail des forces de police sur la traque de Kalls et des éventuels derniers mercenaires.

Après leurs nombreuses pertes, il ne pouvait admettre qu'ils puissent encore être si nombreux que cela.

Il demanda à Op et Choup de retourner sans plus attendre au bureau local pour demander à Mills et Cells s'ils avaient des nouveaux éléments, quitte à réinterroger tous les mercenaires capturés qui y avaient été amenés.

Strucker lui précisa qu'il allait téléphoner immédiatement à ses deux chefs de section pour tout fluidifier.

Puis tous prirent quelques minutes pour aller voir Felder, le seul visible pour l'instant, même s'il était encore inconscient. Schroeder vit Zledt très affectée et lui apporta un café d'un distributeur automatique, tout en donnant un autre à son vieil ami. Puis, il retourna en commander un pour lui, Clédane faisant de même Seiller et lui.

Ils étaient dans la pièce et plaisantaient le blessé sur son poids et sa façon très particulière d'obtenir des congés. Ils espéraient tous qu'il les entendrait du fond de son coma. Une infirmière leur fit alors remarquer qu'ils étaient trop nombreux dans la chambre.

Strucker et Schoeder acquiescèrent et décidèrent de retourner à leur tour au bureau local du SICDEA.

Ils proposèrent aux autres de rester, mais Clédane leur dit qu'il allait les suivre. En revanche, tous trois insistèrent pour que Zledt et Seiller restent, tout en leur promettant de les tenir au courant de toute avancée.

Vingt minutes plus tard, jouant des gyrophares, ils y étaient.

Il était vingt heures.

*
* *

C'est là qu'ils apprirent que la chance venait enfin de leur sourire, l'examen des téléphones pris sur les mercenaires capturés ou abattus aujourd'hui avaient permis de compenser leur mutisme. En recoupant les données des opérateurs, dont ceux de la géolocalisation, avec la reconstitution des déplacements, mais aussi ce qu'il avait été possible de faire dire à des éléments matériels récupérés sur les voitures, comme des graviers et de la terre, il en avait résulté que l'on pouvait réduire le champ des recherches à quelques zones, trois en l'occurrence.

C'est ainsi que furent ciblés un garage en activité, aux limites sud de la ville, possédé par un sympathisant de Sodal, mais très discret ces dernières années ; un hangar abandonné dans une petite ville située à quinze kilomètres à l'ouest de Lembourg, un peu après le vieux port où tout avait commencé ; et, enfin, une zone hôtelière près de l'aéroport international de la capitale de Hwlasie-occidentale.

Il convenait d'affiner encore le renseignement, notamment, dans ce dernier cas où plusieurs hôtels étaient implantés, soit autant de cibles potentielles. Pour les deux premiers, Schroeder demanda tous les éléments du cadastre et une surveillance des lieux avant toute action, afin d'essayer d'en finir une bonne fois pour toute.

Au départ, le chef de la *task-force* avait espéré mener opération militaire et opération policière de concert. Il se rendit, cependant, assez vite compte que cela ne serait pas possible et, en tout cas, que cela serait prématuré pour la seconde.

Dans le même temps, il n'était pas question de repousser la première laquelle allait mobiliser des effectifs de forces spéciales conséquentes avec une coordination interarmées, toujours délicate à mettre en place, la mise en commun de moyens communs, notamment de commandement, de logistiques et de transmissions.

Cela était d'autant plus prégnant que tout avait été prévu pour vingt-deux heures !

Schroeder se faisant une raison, décida de laisser Clédane supervisé le travail sur place, d'autant que Cells et Mills l'assurèrent qu'ils resteraient l'épauler.

Il décida de se rendre avec Strucker dans les locaux du centre opérationnel du XXIIe corps d'armée qui avaient été retenus pour accueillir le commandement unifié.

Les sites les plus proches de la côte avaient été confiés aux forces spéciales de la Marine, tandis que celles de l'Armée de terre prenaient en charge ceux situés plus profondément dans les terres.

Si pour les tours de contrôle de secours, il fut décidé de les occuper, ni plus, ni moins, les aéroports et aérodromes visés furent, quant à eux, devaient être juste circonscrits et surveillés de manière très étroite, grâce à des groupes déployés dans les zones techniques.

À minuit, tout était sous contrôle.

Le fait qu'il n'y avait aucun mercenaire présent était rassurant, car on pouvait en extrapoler que l'opération terroriste n'avait pas été encore lancée.

A une heure trente du matin, Strucker et Schroeder repassèrent au bureau local où les attendaient Mills, Clédane et OP, Choup étant allé se reposer comme Cells. Après avoir rendu compte de l'opération militaire et comme on ne savait pas quand les mercenaires viendraient exactement, Trucker leur ordonna d'aller se reposer et de laisser la main à la permanence.

Schroeder décida de passer de nouveau à l'hôpital. Seiller était également allée se reposer, mais Zledt était toujours là. Il lui conseilla de rentrer et devant son indécision, empreinte de fatigue, il insista et obtenu finalement son accord.

Il lui dit cependant qu'il la raccompagnerait, car il ne la sentait pas capable de rentrer seule en voiture. Il lui promit, en contrepartie, qu'il la ramènerait le lendemain, à la première heure, ici même et qu'ils iraient voir ensemble Felder et Baxter, enfin sorti du bloc, mais également dans le coma, avant d'aller chacun par leur voiture au bureau local.

Cet accord satisfaisant Zledt, ils partirent tous les deux dans son Defender. Il lui demanda son adresse qu'elle lui donna mécaniquement. Trois quarts d'heure plus tard, ils arrivaient dans un quartier d'une assez lointaine banlieue constituée de maisons mitoyennes deux à deux, ayant toute un étage.

La sienne apparut coquette, de couleur saumon, avec des voilages blancs aux fenêtres et un petit parterre de fleurs devant, bien entretenu.

Il la conduit jusqu'à sa porte après être passés tous les deux devant une boite aux lettres où figurait son seul nom.

Ils se regardèrent intensément, puis, après un silence s'échangèrent un timide bonsoir.

Il allait pour partir quand tout à coup, elle se retourna, l'embrassa sur la bouche, et rentra dans sa maison.

Seule.

Songeur, il reprit le volant et retourna vers sa chambre du cercle officiers.

Seul.

Elle regarda par la fenêtre de sa chambre la voiture s'éloigner, tandis qu'il jetait un regard à la maison par ses rétroviseurs.

ACTE 7 : SAMEDI

> A la fin, seules la vérité et la justice
> trouveront leur place dans le monde des mortels,
> comme elles l'auront toujours été dans celui des Dieux.

Proverbe ancien du Principat

Dernière traque 1ére partie… samedi 10h11

Comme convenu, Schroeder passa prendre Zledt le matin.

Ils avaient convenu qu'elle attendrait devant chez elle à 7h30. Il ne put s'empêcher de penser, en la voyant alors qu'il s'approchait, de penser combien c'était une jeune femme magnifique, ses cheveux roux au vent, ses taches de rousseur, ses éphélides, rehaussant la blancheur de sa peau, sa haute taille lui donnant une allure élancée. Quand elle le vit, elle se dirigea vers lui de sa démarche souple et gracieuse. Il observa qu'elle avait les traits tirés et les yeux un peu gonflés : sans doute avait-elle peu dormi.

Une fois qu'elle fut montée dans le Defender, il prit la direction de l'hôpital militaire où se trouvaient leurs deux blessés. Il avait demandé la veille qu'ils soient évacués ensemble dans cet établissement, indépendamment du statut de civil de l'inspecteur-chef.

À leur arrivée, ils apprirent que ce dernier était sorti du coma et qu'ils pourraient aller le voir, brièvement bien évidemment.

Baxter était, en revanche, toujours inconscient, mais ses constantes étaient désormais stables et l'interne interrogé leur confirma qu'il pouvait être considéré comme sorti d'affaire.

Ils passèrent le voir en restant derrière la baie vitrée du couloir ; il leur apparut torse nu, avec un masque facilitant la respiration et sous perfusion.

Puis, ils se rendirent dans la nouvelle chambre de Felder où il avait pu être transféré un peu plus tôt.

Un homme en tenue était déjà présent ; Zledt fit les présentations entre Schroeder et celui qui s'avéra être le chef de la police criminelle métropolitaine.

Ils échangèrent quelques politesses ; puis, il les laissa au moment-même ou Clédane arriva. Tous trois souhaitèrent, alors, au blessé un bon retour après s'être pris pour la belle au bois dormant.

Ils le plaisantèrent sur le fait que les remarques sur son poids avaient dû le piquer au vif au point de le faire revenir. Il esquissa un sourire encore faible, mais arriva à les remercier. C'est alors qu'une infirmière et un interne, celui-là même qu'ils avaient rencontré en arrivant, entrèrent dans la pièce et leur demandèrent de bien vouloir le laisser.

Schroeder hocha la tête et dit aux autres qu'il était, de toute manière temps, de mettre fin à cela et de rendre la monnaie de sa pièce à Kalls dont il avait l'intime conviction qu'elle était la tireuse d'élite de la veille.

Ils prirent la route séparément vers le bureau local du SICDEA où Seiller, Op et Choup les attendaient. Il apparut que la capitaine les avait précédés à l'hôpital un peu plus tôt.

Schroeder alla se servir son éternel café ; Zledt, visiblement réconfortée d'avoir vu Felder revenir d'entre les morts, avait repris quelque couleur, quoique sa peau de rousse ne pouvait guère faire des miracles, comme le lui susurra à l'oreille le géant blond. Elle sourit et lui fit remarquer qu'il savait de quoi il en était, en tout état de cause, et que c'était un peu l'hôpital qui se moquait de la charité.

Strucker, Cells et Mills arrivèrent à ce moment-là. Si la nuit n'avait guère fait évoluer la situation sur le terrain, ce début de matinée pourrait se révéler bien plus intéressantes, annoncèrent-ils. Deux

4/4 venaient d'être repérés, prenant chacun une route qui potentiellement pouvait conduire à des stations radar de secours.

*
* *

Ces deux accès étaient, certes, ouverts à la circulation mais elles n'en demeuraient pas moins, dans les faits, fort peu utilisées. Surtout, elles apparaissaient comme fort peu carrossables pour des véhicules aussi lourds, tout quatre roues motrices fussent-ils. C'est ce qui les avaient rendus immédiatement suspects, et ils étaient désormais suivis de près.

La section logistique du bureau permit de connecter les moyens vidéo de la salle de réunion à ceux de l'état-major du XXII^è corps. Ils pouvaient donc suivre l'ensemble de la séquence, les voitures étant repérées et ciblées par des hommes au sol camouflés, ici et là, rompus aux techniques de la reconnaissance en profondeur.

Une demi-heure plus tard, le premier des deux véhicules avait bifurqué à une intersection qui ne laissait plus de doute à ceux qui les pistaient. Cette route de traverse ne pouvait que conduire à la tour de contrôle de secours. Environ vingt minutes après, il en était de même pour le second 4/4.

Si les vitres arrière étaient opaques pour les deux voitures, l'observation aux jumelles thermiques avait permis de préciser qu'il y avait, à chaque fois, deux passagers en plus du conducteur.

Les deux sites visés se trouvaient au premier tiers et au deuxième tiers du couloir aérien surveillé. À peu près à équidistance autour de Lembourg.

Schroeder se réjouit d'avoir laissé cette partie aux militaires, car la *task-force* n'aurait jamais pu couvrir les deux lieux à la fois et, en plus, il ne pouvait même pas être sûr qu'ils correspondaient aux sites de tir de missile sol-air portatif.

En revanche, les éléments demandés sur les trois adresses ciblées grâce aux téléphones étaient désormais exploitables par eux. Le hangar abandonné fut finalement jugé le plus intéressant lorsque la police locale confirma qu'il y avait eu pas mal d'aller et venues de camionnettes et de 4/4 depuis une quinzaine de jours dans une zone pourtant peu, voire, plus du tout fréquentée.

Schroeder se demanda, en son for intérieur, comment une telle constatation n'avait pas pu être remontée plus vite, surtout au gré des événements relativement meurtriers de ces derniers jours, largement commentés ici et là qui plus est.

Clédane n'eut pas la même retenue et jura à qui mieux l'entendre, promettant que les autorités policières locales auraient à en répondre en temps et heure à la police de l'Etat, ou encore que si c'était une information qui avait bien été remontée, mais mal gérée dans son propre service, il ferait renvoyer le ou les incompétents.

En tout état de cause, cela permettait de monter une action à leur niveau.

Les membres de la *task-force* élaborèrent un plan d'action pour investir ce hangar. Ils demandèrent l'appui d'un groupe d'intervention de la police militaire ; mais aussi de forces spéciales encore disponibles. Le quartier général du XXIIe CA, agissant en état-major conjoint depuis la veille, leur affecta deux unités de quinze commandos marine chacun. En revanche, il leur faudrait un peu de temps pour rallier leur nouvelle cible lui fut-il précisé. Schroeder demanda que tout soit prêt pour quatorze heures.

C'est alors que la situation s'accéléra pour les centres de contrôle aérien de secours.

Par réflexe, Schroeder regarda sa montre : dix heures onze.

*
* *

Le premier véhicule était arrivé sur place. Rapidement, les trois occupants en sortirent. Pendant que l'un restait en faction à l'extérieur, les deux autres tentèrent d'entrer dans le complexe.

Ces stations de secours avaient toutes été conçues à l'identique : une maison d'un seul niveau avec cuisine, deux pièces faisant office de bureau, une chambre avec deux lits s'il était nécessaire de faire venir du personnel plusieurs jours, notamment pour la maintenance, une douche, des toilettes. Cette construction était accolée à une tour d'une dizaine de mètres surplombée d'un radar et de trois antennes, deux hautes et une basse fréquences. Il était possible d'y entrer par la maison, mais aussi directement de l'extérieur. C'est cette porte que les deux mercenaires entreprirent d'ouvrir.

Ils ne s'étaient visiblement rendu compte de rien et furent surpris de tomber sur des militaires dès qu'ils entrèrent.

Ils n'insistèrent pas et décidèrent de battre en retraite afin de rejoindre leur véhicule. Ils le firent en bon ordre, conservant leurs postures de combat. Mais, c'est à ce moment que leur camarade resté à l'extérieur se retrouva lui-même face à d'autres groupes de combat en train de sortir de la forêt environnante.

Instinctivement, il se mit à tirer sur eux, déclenchant un tir de riposte nourri qui le tua instantanément. Les deux autres firent, alors, également usage de leurs armes semi-automatiques. L'échange fut bref, mais des dizaines de balles fusèrent, de part et d'autre. Quand l'ordre de cesser le tir fut enfin donné : un second mercenaire, une femme, gisait morte au sol, tandis que le troisième était très grièvement blessé, son pronostic vital engagé. De leur côté, les forces spéciales ne déploraient qu'un blessé léger.

Un compte rendu fut fait immédiatement par lequel il apparaissait qu'aucun système de type *stinger* n'était dans le 4/4. A l'inverse des documents furent retrouvés dont des copies furent faites et immédiatement adressées, par voie dématérialisée, à l'état-major et au bureau local.

Dans le même temps, le second véhicule allait lui-même arriver sur sa propre cible, quand on le vit s'arrêter puis opérer un demi-tour.

Il n'y avait aucun moyen de savoir ce qui avait provoqué cette volte-face : ces mercenaires avaient-ils repéré, eux, les forces spéciales qui les attendaient ou avaient-ils appris, d'une manière ou d'une autre, ce qui était arrivé à l'autre équipe, nul n'aurait pu dire ; mais, en tout état de cause, ils quittaient les lieux aussi vite que leur permettait la route de mauvaise qualité.

Le commandant de l'opération sur place demanda immédiatement ce qu'il devait ordonner à ses commandos.

L'état-major allait lui dire de les stopper et les appréhender, mais Schroeder ordonna de les laisser passer.

« Hank, bon sang, qu'est-ce qui te prends ? fit Strucker énervé et quelque peu inquiet, en coupant le micro de leur visio.

- Fais-moi confiance, Xander, je suis sûr qu'ils n'ont pas plus de lance-missile que le premier groupe et nous devons les trouver. Avec de la chance, ils nous y amènent tout droit et, avec encore plus de chance, ce sera le lieu de notre prochaine intervention !

- De la chance ! Tu entends ce que tu dis ! Mais nous ne pouvons-nous confier à la seule chance sur ce coup-là ! On joue trop gros ! Ils doivent avoir un autre moyen de viser la cible !

- Justement, on ne le connait pas et, pour le moment, nous n'avons jamais été en mesure de les faire craquer, il nous faut donc mettre la main dessus. En plus, on ne saurait écarter la possibilité que leur plan B soit d'abattre un avion au hasard pour faire parler d'eux, même si leur cible principale venait à leur échapper.

- Ton intuition a toujours été la bonne, jusqu'à présent, et je t'ai toujours suivi, mais là, j'avoue que je ne sais pas !

- Je t'assure que c'est la bonne solution… Non ! C'est la seule solution ! Fais-moi confiance encore une fois sur ce coup !

- J'espère que tu as raison. En tout cas nous allons étudier les documents de l'autre groupe et voir ce que racontent les téléphones. Cela permettra, peut-être, aussi d'avancer. Au moins, on ne pourra nous reprocher de ne pas avoir mis toutes les chances de notre côté », conclut Strucker en remettant le micro en marche.

Dernière traque 2éme partie... samedi 14h15

Le 4/4 fut suivi à la trace et il apparut que c'était bien au niveau du hangar abandonné qu'il se rendait.

Le groupe de la police militaire avait déjà été dépêché sur place et observait le bâtiment pendant que la police locale, renforcée de la police d'État faisait des patrouilles dans les environs, prête à converger sur ordre pour circonscrire le quartier industriel où il se situait.

Schroeder décida de se rendre sur place avec Seiller, OP, Choup, Clédane et Zledt. Mills demanda à ces services d'exploiter sans attendre les documents transmis par les forces spéciales sur le premier site.

Afin d'augmenter leur chance d'en tirer des renseignements pertinents, des copies furent envoyées au bureau principal et au bureau central. Enfin, ils communiquaient autant que de besoin avec les services de renseignement du XXIIe corps d'armée et de la VIIIe, servis également.

Bientôt les téléphones cellulaires trouvés sur les mercenaires tués ou blessés furent aussi déposés dans les locaux du SICDEA, tandis que leur véhicule fut remorqué, quant à lui, dans les ateliers de la police métropolitaine de Lembourg, mieux dotés pour ce genre de matériel.

Les deux groupes de commando marine arrivèrent finalement plus tôt que ce qui était initialement prévu. *De facto*, ils étaient là un quart d'heure après les membres de la *task-force*.

Les marins étant équipés de lunettes thermiques, Schroeder leur demanda d'évaluer en priorité le nombre de personnes présentes à l'intérieur. Il en fut relevé sept au total, toutes au rez-de-chaussée.

Clédane sortit un plan du bâtiment obtenu auprès du service du cadastre compétent.

Le niveau de plain-pied était une vaste pièce d'un seul tenant, surplombée d'une mezzanine sur environ vingt-cinq pour cent de sa surface, laquelle comptait bureaux et pièces d'eau. Deux grandes traverses métalliques, d'environ deux mètres de large, dotées de rambardes partaient de la mezzanine et courraient tout le long de chaque côté du hangar, jusqu'à atteindre chacune un escalier, métallique également, donnant accès au toit plat.

Les lunettes thermiques permettaient aussi de voir où étaient le 4/4 dont le moteur émettait toujours de la chaleur.

Demandant une autre carte, de l'Etat celle-ci, Schroeder releva que ce hangar se situait sur l'axe de progression supposé de l'avion potentiellement visé.

Seiller fit remarquer qu'à défaut d'avoir une cible identifiée à cent pour cent par un radar grâce à son transpondeur, les terroristes pouvaient essayer de l'identifier avec une certaine marge d'erreur si l'horaire de décollage leur était connu, ainsi que la vitesse de croisière de l'appareil et enfin son modèle.

En réponse, Schroeder demanda la mise en place immédiate de tireurs d'élite sur les toits environnants pour couvrir l'intégralité de celui du hangar.

Le service du renseignement du corps d'armée fit, alors, part d'échanges téléphoniques entre ce bâtiment et un ou plusieurs cellulaires en déplacement. Malheureusement cryptés, ils ne pouvaient pour l'instant être exploités.

Mais bientôt, un nouveau 4/4 arriva et entra à son tour. Par les lunettes thermiques, un commando confirma la présence de deux nouvelles cibles potentielles dont une de plus petite taille que tous espèrent être Aretza Kalls.

C'est alors que le groupe observé sembla s'agiter ; cinq d'entre eux dont la femme, montèrent dans la mezzanine. Elle resta avec une autre personne dans un bureau, pendant que les trois autres prenaient la traverse de gauche, soit à l'ouest, pour accéder au toit.

Un des tireurs d'élite confirma immédiatement la présence d'un système portatif anti-aérien, même si le porteur ne semblait pas encore se mettre en position de tir.

Le bureau de renseignement du XXIIe CA rappela pour préciser que de nouveaux échanges radio avaient lieu, mais cette fois-ci avec un téléphone fixe, situé en dehors des frontières de l'État, mais toujours crypté.

Craignant que ce soit une taupe communiquant des informations sur le vol, Schroeder signifia à l'état-major commun et au SICDEA qu'il allait intervenir sans délai.

Il regarda sa montre quatorze heures trois. Il fixa le top à quatorze heures quinze.

Il ordonna aux tireurs d'élite de tirer sans sommation sur les personnes présentes sur le toit, s'ils observaient que le système de missile anti-aérien portatif était activé. Par convention du protocole, plus que par réticence, ils demandèrent que l'ordre soit réitéré, ce que fit Schroeder en déclinant son grade, son numéro de matricule et sa fonction. Il compléta son propos en précisant que le tir serait de leur pleine initiative, lui-même risquant d'être pris dans l'intervention.

Sur ce, les groupes avancèrent en mode tactique, sous les conseils des tireurs d'élite qui, tenant compte des mouvements des mercenaires présents sur le toit, leur indiquaient quand progresser.

*
* *

Le hangar présentait une porte sectionnelle devant et derrière, ainsi que deux entrées "piétons", de part et d'autre de la première.

Afin de minimiser les risques de tir fratricides, il fut décidé que l'intervention serait faite par celles-ci, les deux grandes étant couvertes chacune par un tireur d'élite, avec deux hommes postés en plus au sol derrière.

Un groupe de commandos se plaça près de la porte de gauche, avec Seiller, OP et Choup en appui. De l'autre côté, se trouvaient les autres marins avec Clédane, Zledt et Schroeder.

Les policiers militaires fournissaient le binôme de l'arrière du bâtiment, quelques tireurs d'élite et, enfin, une équipe de réserve.

À l'heure dite, les portes furent ouvertes par deux tirs de fusil à pompe chacune et les assaillants se ruèrent à l'intérieur.

Schroeder, qui avait pris un haut-parleur, enjoint toute personne présente à se rendre immédiatement et, qu'à défaut, toute personne portant une arme serait susceptible d'être abattue, sans sommation, dans le cadre d'une opération d'anti-terrorisme. Le bureau central du SICDEA lui avait fourni une décision de justice émise par un juge de l'Union, et donc valable dans les quatre états fédéraux et les terres du Principat.

Deux hommes qui se trouvaient seuls au rez-de-chaussée se rendirent sans émettre de résistance, hébétés par le nombre d'assaillants.

Ce fut la colonne de droite qui s'occupa de les désarmer et de les fouiller, pendant que celle de gauche entreprit de circonscrire l'escalier qui était le seul accès pour la mezzanine et dans lequel deux autres mercenaires s'étaient rués pour rejoindre ceux encore présents au premier étage.

Ceux-ci étaient, d'ailleurs, sortis du bureau et lâchaient de longues salves de fusils semi-automatiques sur les commandos en contrebas pour couvrir leurs acolytes. Deux furent d'ailleurs blessés, heureusement, sans gravité.

Les tirs de riposte, quoiqu'ajustés, ne purent malheureusement faire refluer les mercenaires de la zone de la plateforme où ils pouvaient contrôler l'escalier.

Les coups de feu s'arrêtèrent, de part et d'autre. L'équipe de renfort de police militaire arriva avec des boucliers de protection.

Schroeder, qui laissait les chefs de groupe dirigés sur le plan tactique l'opération entendit, alors, une voix de femme qui semblait donner un ordre d'une voix forte. En réponse un grésillement et une réponse indistincte fut entendue. Il imagina que c'était un échange radio.

C'est alors que les quatre mercenaires de la mezzanine se remirent à tirer, arrosant copieusement ce qui était plus bas.

Tout d'un coup, tous entendirent trois claquements secs à l'extérieur ; puis les intervenants entendirent à leur radio : « Tireur d'élite unité à autorité, confirmons la neutralisation des trois suspects sur le toit, confirmons la neutralisation des trois suspects sur le toit. Roger ».

Les tirs de l'étage cessèrent. Les quatre mercenaires avaient sans doute été surpris de l'élimination brutale de tous leurs complices et marquaient-ils le coup.

Le chef du groupe de commandos auquel Seiller, Choup et OP étaient associés décida alors de jouer sur cet effet d'aubaine et de grimper l'escalier, en positionnant deux portes boucliers devant.

Le second groupe opéra, simultanément, un tir de couverture pour protéger leur progression.

Pris sous un déluge de feu, les quatre mercenaires reculèrent permettant aux commandos d'accéder finalement à la coursive qui desservait à la fois les pièces et les deux traverses. Ils virent, d'ailleurs, deux hommes tentés de la franchir pour accéder à l'escalier menant au toit terrasse.

Quatre marins des forces spéciales se ruèrent à leur poursuite, tandis que les autres tentaient désormais de déloger les deux derniers terroristes, un homme et une femme qui s'étaient réfugié dans un bureau.

Arrivés à leur tour à l'étage, Op et Choup entreprirent de suivre les premiers éléments sur la jetée métallique, tandis que Seiller se joignaient aux autres.

Les deux hommes poursuivis étaient pratiquement arrivés au pied de l'escalier, lorsqu'ils se postèrent et se mirent à ouvrir le feu. D'instinct, les commandos marine se jetèrent à terre pour éviter les balles, mais une d'entre elle frappa la cheffe-sergent-major du SICDEA. Elle s'écroula blessée au cou ; son collègue se précipita pour lui appliquer un point de compression, pendant qu'un marin appelait un médic par radio.

Jouant sur la désorganisation de leurs poursuivants, un des deux mercenaires essaya de grimper l'escalier, couvert par le tir du second. Finalement, celui-ci finit par s'écrouler sous les balles de deux policiers militaires arrivés en renfort et qui l'abattirent depuis la coursive.

Un nouveau claquement sec retentit plus en hauteur et il crépita dans les radios : « tireur trois à autorité, confirmons neutralisation d'un quatrième individu. Roger ».

Au même moment, un autre commando marin avait lancé une grenade incapacitante dans le bureau où se trouvaient les deux dernières cibles, dans la foulée trois de ses camarades et Seiller se ruèrent à l'intérieur pour les maîtriser.

Si l'homme put l'être relativement facilement, la femme se débattit, puis sortit un couteau de combat avec lequel elle blessa un premier militaire et se précipita sur Seiller en visant sa gorge sans protection.

Un coup de feu retentit, assourdissant du fait de l'exiguïté de la pièce. La femme s'écroula une balle de 9mm en pleine tête.

Zledt, qui venait juste d'arriver, resta quelque temps le bras allongé, son pistolet automatique encore fumant du tir. Seiller vint à elle, lui baissa le bras et lui susurra dans l'oreille : « merci, je pense que sans toi, j'y passais ».

Schroeder les rejoint à son tour, lui mit la main sur l'épaule qu'il massa délicatement quelques secondes, puis demanda à Seiller si elle était ok. Devant la réponse positive, il alla retrouver Op que le « médic » venait de finir de conditionner en vue de son évacuation. Il lui confirma que c'était plus impressionnant que cela en avait l'air.

Faisant le tour du site, il monta sur le toit et vit le quatrième homme, la main agrippée au lance-missile aérien portatif. C'est ce geste qui l'avait condamné à mort.

Il entendit alors la voix de Seiller, toute excitée à la radio : « mon colonel, nous avons le deuxième engin ! ».

Schroeder souffla, *a priori*, on pouvait espérer la menace définitivement jugulée.

*
* *

Comme si c'était fait exprès, tous entendirent un avion passé au-dessus d'eux.

Levant la tête, il reconnut un avion d'affaires à réaction. Il n'aurait su dire si c'était celui d'Angus, l'oncle du Princeps, la cible désignée, mais cela apparaissait comme un heureux présage.

Il redescendit et eut un mot pour chacun de ces hommes et femmes qui l'avaient aidé dans cette nouvelle intervention à haut risque.

Clédane et Seiller s'approchèrent de lui, l'inspecteur-chef de la police d'État lui précisa : « la femme abattue par Zledt n'est pas Aretza Kalls. Elle n'était pas sur place et je pense qu'elle a dû prendre le large ou ne va pas tarder à le faire en direction de la Cestrie. Je vais donner l'ordre de bloquer ports et aéroports, mais, en toute honnêteté, je n'y crois pas, elle me semble trop forte pour se laisser prendre si facilement.

- Peut-être, peut-être pas, répondit songeur Schroeder ».

La police scientifique et technique arriva sur les lieux pour faire ses investigations, croisant les différents véhicules de secours qui évacuaient les blessés.

Il fut décidé que les deux lance-missiles portatifs seraient, quant à eux, ramenés dans une armurerie d'une unité du XXIIe corps d'armée où avaient déjà été rapatriés ceux trouvés précédemment. Ils étaient, d'ailleurs, en cours d'expertise pour pouvoir remonter leur origine et retracer leur parcours sur le territoire de l'Union.

C'est alors que Schroeder reçut un message confidentiel de Strucker : « suite étude document pris ce matin : vol PRPS 002 ». Vol PRINCEPS 002, se dit-il, songeur. Puis un second toujours émanant du chef du bureau local ; « attendu demain bureau central et DEA. Ai fait prévoir ton vol. Retour à l'issue pour rédaction rapport multipartite ».

C'est alors qu'il remarqua Seiller en train de parler à Zledt qui état visiblement toujours en train d'accuser le coup. C'était son premier tir mortel. La capitaine la laissa, tout en lui disant qu'elle partait rejoindre le chef-sergent-major Choup à l'hôpital militaire lequel avait pu monter dans l'ambulance évacuant en toute urgence Op.

Il opina de la tête et vint se placer silencieusement près de la jeune femme rousse.

« C'est la première fois, Heidi ? dit-il délicatement en lui posant la main sur son épaule droite, près du cou.

- Oui, je m'étais préparée à cela ; je m'étais dit que cela pourrait arriver, surtout maintenant que j'étais affectée à la brigade criminelle Et, encore plus, depuis une semaine, et toutes ces opérations qui se sont enchaînées ; mais, pourtant…

- … mais, pourtant ce n'est pas ce que tu pensais, ce que tu imaginais, reprit-il en complétant son silence. Il n'empêche Seiller te doit la vie sans aucun doute.

- Peut-être, et j'avoue que j'ai tiré sans hésiter, sans avoir un doute, mais peut-être pas pour la bonne raison !

- Et pourquoi ? Parce que tu pensais que c'était Kalls, que tu pensais tirer sur celle qui a failli tuer Felder ?

- Je crois, oui.

- Non, tu as tiré d'instinct pour sauver une vie, en l'occurrence d'une coéquipière, et non pour ce que cela aurait pu être d'autre.

Kalls, dans une autre occasion, sans menace imminente, tu aurais sans doute aimé la tuer, cela ne veut pas dire, que tu l'aurais fait. Ne culpabilise pas pour ce qui aurait pu être ou ne pas être : apprécie d'avoir sauvé une amie. Je ne dis pas, pour autant, que cela retire le poids d'avoir ôté une vie, cela peut, en revanche, l'alléger.

- Si tu le dis, fit-elle, en penchant sa tête, instinctivement, pour venir chercher cette main posée sur l'épaule.

- Je dois partir demain être débriefé à la Centrale, mais je serai de retour dès la fin de journée pour finaliser le dossier avec tout ce beau monde, dit-il en faisant un large geste de l'autre bras, et nous pourrons en parler tout à loisir, si tu le désires !

- ...

- Je te propose que nous allions boire un verre ce soir en ville. Je viens te chercher après une douche bien méritée pour chacun d'entre nous.

- J'aimerais autant le verre tout de suite, fit-elle avec un petit sourire fatigué.

- ça marche, reprit-il en riant. Mais je te suis jusqu'à chez toi en voiture et nous irons ensemble, avec la mienne, boire ce fameux verre. Il ne faudrait pas que des patrouilleurs de la police métropolitaine "tope" une de leur inspectrice alcoolisée au volant !

- Inspectrice-adjointe, corrigea-t-elle avec un sourire. Mais c'est vrai cela ne ferait pas sérieux. Ok, dans ces conditions, mais avec un petit saut à l'hôpital quand même voir Felder et les autres !

- Ca me va ».

Il donna de dernières instructions, puis suivit dans son Defender le Duster de la grande femme à la chevelure flamboyante afin de voir leurs blessés, puis boire ce fameux verre réconfortant.

À bien y réfléchir, et en toute honnêteté, il en avait tout à fait besoin lui aussi, car quelque part, il ne pouvait s'empêcher de penser qu'il avait joué gros aujourd'hui à suivre son intuition.

Réconforter leurs amis par une présence, puis se réconforter soi-même autour d'un verre serait un programme opportun avant de prendre l'avion tôt dans la matinée et passer quelques heures à devoir tout expliquer et se justifier.

ACTE 8 : DIMANCHE

> Victoire et Défaite, comme Amour et Trahison
> sont les deux faces d'une même pièce que jouent les Dieux.

Proverbe ancien du Principat

Dernière traque : fin de partie …. Dimanche 00h23

Heidi détendue, regarda l'heure de son radio-réveil : minuit venait de passer de trois minutes. Elle se sentit la langue pâteuse, sans doute d'avoir bu plus que de raison, alors qu'elle n'était sensée qu'en boire un, voire deux, au début.

Elle pensa qu'un verre d'eau bien fraiche lui ferait le plus grand bien.

Elle ne s'en leva pas moins à sa façon habituelle, gracile et souple. Elle évita d'allumer la lumière de la chambre afin de ne pas être éblouie et descendit doucement l'escalier de sa maison.

Empruntant le couloir qui menait à la porte d'entrée et qui desservait le bureau, les toilettes du bas, le salon, d'un côté, la salle à manger, la cuisine, de l'autre côté, elle entra dans cette dernière, prit un verre dans un placard situé en hauteur et se dirigea, presque mécaniquement vers le réfrigérateur américain. Elle se fit alors couler de l'eau bien fraiche au niveau de la porte de celui-ci.

Elle se retourna, et tout en s'appuyant dos à lui, elle se mit à siroter son verre.

Elle ne put s'empêcher de sourire en voyant les deux verres à liqueur encore négligemment posés sur l'îlot central de la cuisine. Lorsque Schroeder, Hanken, pensait-elle, l'avait ramenée comme prévu, elle lui avait proposé d'entrer et de boire un verre de cognac qu'elle tenait de son père et dont la bouteille n'avait jamais été ouverte.

Elle avait alors trouvé que c'était une bonne occasion.

Manifestement, aussi bon et distingué soit-il, un digestif donnait toujours aussi mal à la tête lorsqu'on en avait un peu abusé.

C'est alors qu'elle se rendit compte que la pièce était plus aérée qu'elle ne l'aurait pensé et constata que la porte fenêtre donnant sur le jardin était entrouverte. Surprise, car elle était persuadée qu'elle l'avait bien fermée avant de monter, elle alla jeter un coup d'œil dehors, mais elle ne perçut rien d'autre que le silence et la ferma.

Elle sentit, alors, une présence et se retourna.

Elle était là.

Face à elle, menaçante, armée d'un pistolet automatique qu'elle braquait sur elle.

Aretza Kalls.

Heidi Zledt, malgré la situation, ne put s'empêcher de la dévisager : brune, taille moyenne, tout en muscle.

Elle était revêtue d'un pantalon de treillis, maintenu serré à la taille par un ceinturon auquel était accroché un fourreau contenant un large couteau de chasse, d'un sweet sombre, bleu nuit et portait des rangers noirs.

La première chose qui lui vint alors à l'esprit était qu'elle se tenait en face d'une tueuse redoutable, pour ainsi dire nue, dans sa nuisette courte et qu'elle devait bien admettre complétement transparente. Et pourtant, cela ne lui avait absolument pas paru une idée déplacée quand elle l'avait attrapée quelques minutes auparavant en sortant du lit.

« Tu sais qu'on parle beaucoup de toi sur les fréquences de la police, la rouquine ! C'est l'avantage d'écouter vos fréquences avec un scanner de qualité.

- …

- Tu ne vois pas ? Il paraît que tu as logé une balle en pleine tête de Shynès. Franchement, ma petite Heidi, ça ne se fait pas ! Défigurer une si belle fille, une de mes meilleures amies, tu comprendras que je ne peux laisser passer cela.

- Vous devriez mieux les choisir, cette psychopathe allait tuer une de mes collègues.

- C'est ce que j'ai entendu, effectivement. Mais cela ne change pas grand-chose au problème pour moi. En plus, il paraît que le responsable de tout ce fatras, ce géant blond tout droit venu de Solburg, aurait le béguin pour toi.

- Je ne vous croyais pas sensible aux ragots et aux articles des pages *people* !

- Tu as du cran de me parler ainsi, alors que je me tiens en face de toi, armée, fit remarquer Kalls, en agitant son pistolet. Sais-tu, seulement ce qui va t'arriver ?

- J'imagine une balle dans la tête comme votre Shynès », répondit Heidi, d'une voix plus forte, se voulant maîtrisée afin de masquer sa peur.

Kalls la dévisagea, un sourire cruel apparut, déformant son visage. Elle posa son arme sur le plan de travail et sortit son large couteau dont elle tapota le plat sur sa joue.

« Ce serait trop simple. Je vais te découper vivante comme je l'ai fait avec l'autre pute. Ce fut un plaisir comme j'en ai rarement connu : l'ouvrir depuis le pubis jusqu'en haut, jouer avec ses seins, humm, elle était bien plus dangereuse que toi, mais le taser a facilité le travail, j'avoue. Pour toi, une prise de judo me suffira pour t'immobiliser et m'occuper de toi.

- Tu es folle, cria Heidi.

- Tu me tutoies, enfin ! Tu as bien raison, chérie, il n'y a rien de plus intime que ce que je m'apprête à t'infliger. Tu n'as ni piercing, ni tatouage à ce que je vois au travers de cette nuisette qui te couvre si peu. Ne t'inquiète pas, quand ton officier Uniate te reverra, je t'aurai fait tes propres tatouages avec ceci », fit Kalls en montrant son couteau, puis en tapotant les verres posés sur le plan de travail. « Et ne sois pas jalouse, je m'occuperai de lui en son temps, même s'il me faut traverser toute l'Union et, quel que soit le temps, que cela me prendra !

- Et si tu lui en touchais un mot tout de suite ! ».

Sentant à son tour, une présence derrière elle, Aretza Kalls se retourna, alors, et vit Schroeder, face à elle, nu, la dépassant d'une tête. Elle l'observa intensément, esquissant un sourire plein de défi. Puis, elle le reluqua de bas en haut. Elle montra de son couteau les parties intimes de Hank et dit, à l'attention, d'Heidi :

« J'espère que tu en as bien profité, ma chérie, par ce que dans quelques minutes, je vais les lui ôter ! Humm ! Je n'ai pas encore décidé ce que je vais en faire, cela dit ! »

Puis, brusquement, elle leva son arme et projeta son bras, tentant de le poignarder, mais il para le coup avec agilité. Elle réitéra plusieurs attaques rapidement, qu'il arriva également à esquiver. Elle se mit alors en garde.

« Je me suis laissé surprendre, j'avoue. Hank, c'est cela ton petit nom ? Je ne m'attendais pas à te voir cette nuit. J'avais pourtant vérifié que ta voiture ne soit stationnée ni dans le quartier, ni dans le garage, fit-elle tout en analysant où elle porterait sa prochaine attaque, j'aurai dû monter à l'étage, vous deviez être mignons tous les deux à poils dans le lit de ta roulure rousse.

- Et oui, que veux-tu, nul plan n'est infaillible. Pour notre part, nous avions déjà un peu bu en ville, nous nous sommes dit que ce serait plus avisé de prendre un VTC lorsque nous avons eu envie de finir la soirée ici. Plus discret aussi, mais je pense que là, cela ne va plus être trop le cas désormais.

- T'inquiète ! Dès que j'en ai fini avec toi, je m'occupe de ta pétasse ; avec soin, comme pour ta tatouée-piercée. Cela te change entre les deux. J'espère que tu as su apprécier mon travail d'orfèvre en tout cas, fit-elle avec un rire qui semblait empreint de folie.

-On verra ».

Il avait réussi à se déplacer vers l'évier et avait récupéré un torchon étendu, en dessous. Il le tordit entre ses mains, puis le tendit pour lui donner un maximum de rigidité. Elle fit alors une feinte, tentant de lui planter son couteau dans la poitrine ; il réussit de nouveau à la parer, cette fois, aidé de son arme de circonstance, mais ne put éviter d'être blessé à l'épaule.

« Première touche », elle allait retenter une nouvelle attaque, lorsque Schroeder balaya avec son torchon, le plan de travail, projetant les deux verres sur elle.

Profitant qu'elle se mette instinctivement en position de protection, il fondit sur elle. Elle tenta d'échapper à ces puissantes mains, mais il réussit, avec une manchette bien placée au bras droit, à la désarmer.

Il s'ensuivit un corps à corps de plusieurs minutes où les deux protagonistes utilisèrent, indistinctement, gestes issus aussi bien du karaté, du ju jitsu, du krav maga, que du *close combat*.

C'est alors que donnant un coup dans les parties intimes de son adversaire, Aretza Kalls prit l'avantage et se retrouva sur Schroeder, debout, lui écrasant la trachée de sa ranger droite.

« En te voyant nu comme un verre, avoue que c'était tentant, mon chou ;

- lâche-le avant que je ne sois tentée de te faire la même chose qu'à ta Shynès », entendit-elle, derrière elle, tout en sentant dans le même temps le canon d'une arme plaquée derrière sa tête.

Heidi Zledt avait récupéré l'arme que la mercenaire avait laissé sur le plan de travail et l'en menaçait.

Kalls se retourna vivement pour tenter de la désarmer, un coup partit, alors, en direction du plafond. Sans vraiment réfléchir à ce qu'elle entreprenait, la jeune femme rousse se précipita, tête la première, sur son adversaire, qui surprise, n'eut pas le temps de parer le choc. Toutes deux s'effondrèrent sur Hank Schroeder. Ce dernier saisit l'occasion qui s'offrait à lui et fit une clé autour du cou de son adversaire. Au même moment, alors qu'Heidi essayait de se relever et de recouvrer son équilibre, par instinct la tueuse lui fit un balayage aux jambes la faisant rechuter sur elle, son coude en protection.

Il y eut un bruit sec, une sorte de crac lugubre. Instantanément, Schroeder sentit que le corps de Kalls, au-dessus de lui, perdait de sa tonicité.

En tombant sur elle, coude le premier, alors qu'Hank maintenant sa prise au tour du cou, son poids avait, tout-à-la fois, écrasé sa tranchée et brisé les vertèbres cervicales.

Il se débarrassa du corps pantelant, en le faisant rouler sur le côté, son épaule en sang. Heidi Zledt l'aida à se redresser.

C'est alors qu'ils entendirent les deux tons de plusieurs véhicules de police se rapprocher.

« Pour une rencontre romantique et discrète, on devra repasser, il me semble !

- Je vais aller me mettre quelque chose au-dessus de la nuisette et essayer de te trouver un peignoir, même s'il risque de t'arriver aux genoux.

- Oui, ils risqueraient de se faire des films !

- Mais auraient-ils vraiment tort ? », lui dit-elle en l'embrassant à pleine bouche.

En quittant la cuisine pour monter dans la chambre, elle se retourna et lui envoya un autre baiser de sa main gracile et délicate.

Quelques minutes plus tard, la maison était pleine de policiers en tenue. Trois quarts d'heures plus tard, la police scientifique et technique s'affairait également ? lorsque Strucker arriva dans la maison, toujours en désordre.

Clédane et Seiller suivirent, ainsi que Cells.

Le corps fut enfin enlevé.

« Tu fais des interventions à domicile, maintenant ?

- Très drôle, franchement, Xander, très drôle.

- N'empêche, si ce n'était tout ce bordel », reprit, plus bas, le chef du bureau local en montrant les verres cassés et la civière qui s'éloignait, « j'en suis très heureux pour toi ; c'est une chic fille à ce que j'ai cru voir cette semaine ».

Il désigna du menton la jeune femme à la chevelure flamboyante. « Tu mérites de retrouver le bonheur et elle a droit d'avoir le sien avec un des meilleurs gars que je connaisse... Laisse ! Ne dis rien. Je vais voir si je peux décaler tes auditions.

- Ne les bouge pas ! Autant expédier cela tant que c'est chaud. Je serai rentré plus vite ici, même s'il faudra bien songer à repartir une fois toute la paperasse faite. Sans compter que je dois aussi clore le dossier au bureau principal.

- On s'arrangera avec eux.

- Une voiture de patrouille vous conduit dans un hôtel. Seiller récupérera ce dont vous avez besoin dans votre chambre au cercle. Ne discutez pas Hank, pour une fois, c'est moi qui donne les ordres, fit Clédane en riant, devant une Seiller tout sourire ;

- merci, Thomas ».

- Merci, reprit Heidi Zledt en se serrant contre Schroeder sans se soucier d'être vue cette fois.

En s'éloignant un peu la capitaine du SICDEA dit à l'inspecteur-chef de la police d'État :

« Cela sera une chouette histoire à raconter à Felder et, même à Baxter, je suis persuadé qu'il l'entendra, y compris dans son sommeil ;

- Ah, pitié ! Ce vieux ronchon de Marc, va nous bassiner avec le fait qu'il avait tout compris dès le premier jour, à leur sujet ! ».

Ils partirent à en rire aux éclats, devant les policiers interloqués.

Fin d'une histoire… dimanche 13h07

Comme convenu, le lieutenant-colonel Hank Wilhem Schroeder prit le vol commercial de huit heures trente-sept pour se rendre à Solburg, la capitale.

Une heure quinze minutes plus tard, il fut récupéré à l'aéroport inter-états de Solburg-Ajax par un véhicule du bureau central du SICDEA.

Il le déposa chez lui pour qu'il puisse revêtir un de ses uniformes, de type grande tenue, à col officier, adapté aux différents entretiens auxquels il était convoqué. La voiture qui l'avait attendu le mena, alors directement au siège du SICDEA où il fut reçu par le directeur adjoint et les chefs des départements d'investigations criminelles et du renseignement criminel.

À midi, ils entrèrent tous dans le bureau du lieutenant-général, directeur du service d'investigations criminelles du département d'Etat à l'Armée. Il les invita à s'assoir autour d'une table de réunion. Une fois tout le monde assis, il pria Schroeder de prendre la parole.

Celui-ci fit, alors un compte-rendu détaillé des investigations menées d'abord en Hwlasie-orientale, puis depuis huit jours en Hwlasie-occidentale. Il conclut en précisant, qu'à sa connaissance, la cellule terroriste, sans doute sodalienne et, principalement constituée de personnes de nationalité cestrienne, avait été neutralisée, ses agents tués ou emprisonnés et que, suivant toute vraisemblance leur objectif n'avait pas été atteint. Il remarqua du coin de l'œil que le général, directeur du renseignement criminel avait alors hoché la tête, en signe de confirmation.

Le directeur du SICDEA qui l'avait écouté en silence, un dossier fermé, posé, devant lui, le remercia et lui dit qu'il n'y avait plus qu'à redire la même chose à treize heures devant le directeur de cabinet du secrétaire d'Etat à l'Armée.

Il s'enquit de leurs différents blessés. Ce fut son directeur adjoint qui lui répondit précisant que le capitaine Baxter était toujours dans le coma, la cheffe-sergente-major OP récupérait, mais ne pourrait peut-être plus servir dans une unité opérationnelle et que la sortie de l'hôpital de l'inspecteur-chef Felder ne devrait plus qu'être une affaire de jours.

Il les remercia alors, leva la réunion et leur dit à tous qu'ils se retrouveraient à midi cinquante dans l'antichambre du bureau du directeur de cabinet.

Son chef de département lui proposa de déjeuner avec lui, mais il préféra décliner, prétextant d'être encore un peu sous le coup des événements récents, ceux de la nuit en premier lieu. Il alla se contenter d'un café et d'un muffin dans une des nombreuses cafétérias du complexe que représentait le département d'Etat à l'Armée, prenant place à une table haute où il regardait machinalement aller et venir personnels civils et militaires.

À l'heure dite, il retrouva les autres. Ils gardèrent tous le silence et à treize précises, ils furent introduits dans le vaste bureau du directeur de cabinet.

*
* *

Celui-ci était un homme d'une cinquantaine d'année, haut fonctionnaire civil qui avait été désigné à ce poste par le secrétaire d'Etat, dès que ce dernier avait pris ses fonctions.

Il les reçut courtoisement, échangeant quelques mots aimables avec le directeur du SICDEA qu'il était amené à croiser assez régulièrement.

Il les invita à le suivre dans une salle voisine où il y avait une vaste table de réunion et qui était dotée de divers moyens de visioconférences. Trois personnes les y attendaient, un lieutenant-général que Schroeder identifia comme le chef du cabinet militaire du secrétaire d'État, un major-général présenté comme un chargé de mission auprès du chef d'état-major général de l'Armée et une personne en tenue civil qui se révéla être un juriste du département d'Etat.

Après les avoir fait assoir, le directeur de cabinet leur précisa qu'en fonction de leurs différents exposés et, en premier lieu, de celui du lieutenant-colonel Schroeder, il jugerait si le dossier serait gardé à son niveau ou transmis au cabinet du ministre de la Défense.

Le directeur du SICDEA et le major-général de l'EMGA opinèrent de la tête. Le premier fit un propos introductif, puis rapidement laissa la parole à son subordonné.

Le colosse blond recommença sa démonstration, à l'identique de ce qu'il avait pu faire le matin même. Cependant, il s'interrompit quand il entendit frapper à la porte. Le directeur de cabinet, visiblement lui-même surpris d'être ainsi dérangé, lança un « oui » un peu sec.

Une secrétaire visiblement gênée vint alors lui dire quelque chose à l'oreille.

Paraissant très étonné, le haut fonctionnaire lui fit un signe positif de la tête et elle retourna à la porte pour faire entrer quelqu'un qui, visiblement, attendait de l'autre côté.

Il s'agissait d'un lieutenant-colonel de la Maison militaire du Princeps en grande tenue. Il salua de manière très protocolaire le directeur de cabinet qui s'était levé devant l'autorité que représentait l'officier, bientôt suivi par tous les autres participants à la réunion.

L'ordonnance salua également dans un claquement sec les officiers généraux présents, déclama, plus qu'il ne dit : « Service de sa Majesté le Princeps, Haut protecteur des quatre Etats », puis remis une pochette souple en cuir à son hôte avant de se remettre au garde-à-vous.

Le porte-document ne contenait que trois feuilles imprimées uniquement en verso ; tous avaient pu reconnaître les armes du Princeps lui-même en en-tête du premier feuillet.

Le directeur de cabinet en prit connaissance ; lâcha un « c'est entendu ; merci », et remit au porteur le porte-document tout en gardant les feuillets.

Dans un nouveau claquement de pied, l'officier de la Maison militaire salua, opéra un demi-tour impeccable et repartit comme il était venu.

À son tour, le directeur de cabinet se retourna vers les autres personnes présentes et leur signifia : « c'est parfait, messieurs, le dossier est clos. Transmettez-moi juste un compte-rendu écrit simplifié, monsieur le directeur du service d'investigations criminelles ».

Puis se retournant vers Schroeder, « il semble de bon ton de vous féliciter pour votre accession au grade de colonel, mon cher Schroeder, vous semblez être tenu en haute estime au Palais ». Puis, à l'attention de tous, « messieurs, je vous remercie de vous être déplacés ; une copie du présent mémorandum impérial sera adressée *intuitu personae* au directeur du SICDEA ici présent et au chef d'état-major général de l'armée, je vous charge de le lui en rendre compte, mon général. Je vous laisse à vos occupations et vous remercie de nouveau d'être venus ici ».

*
* *

Tous sortirent de la salle de réunion sans trop savoir ce qui s'était passé. Ils quittèrent cette partie du bâtiment pour rejoindre leurs offices respectifs.

Alors que Schroeder se dirigeait vers le SICDEA avec ses supérieurs, il reçut un message sur son téléphone personnel dont peu connaissait le numéro.

Il jeta un œil et lut : *de PRPS002 à COL H.w.S, merci d'avoir sauvé de nouveau un membre de la Famille, nous vous en sommes de nouveau redevable et je saurais m'en rappele*r.

Même non signé, Schroeder sut immédiatement que cela venait du Prince impérial Angus, frère du Princeps, qu'il avait rencontré il y deux ans auparavant dans des circonstances déjà tragiques et qui était censé prendre le vol PRPS002.

Cela expliquait la venue de l'ordonnance de la Maison militaire et ce qui avait suivi. Cela confirmait, également, que c'était bien un personnage de tout premier rang qui était visé et que son équipe et lui avaient pu la protéger.

Dans les locaux du SICDEA, un capitaine de la Maison militaire attendait le lieutenant-général qui s'enferma quelques minutes pour prendre connaissance du document apporté.

Il rouvrit alors la porte et demanda à son adjoint et à son chef du département des investigations criminelles de rentrer, laissant Schroeder sur le pas de la porte.

Puis une quinzaine de minutes plus tard, son supérieur le fit entrer, alors que le directeur raccrochait un des téléphones de son bureau.

Le directeur-adjoint, qui en profita pour sortir, dit à ce dernier: « je m'en occupe immédiatement, monsieur le directeur. Tout sera effectif pour demain ».

Début d'une Histoire... dimanche et plus si affinités

Le soir même, vers vingt heures, Schroeder était de retour à l'aéroport de Lembourg par un autre commercial.

Il sortit au niveau de la zone réservée aux taxis et VTC, mais où le bureau local lui avait dit qu'un véhicule l'attendrait.

À sa grande surprise, c'était la voiture de fonction de Strucker. Il s'approcha et le vit quitter la place du conducteur pour le saluer.

« Alors, il semblerait que tu devras t'y habituer, Hank ! D'ici peu, tu seras le chef de ce bureau local, m'a-t-on dit à la Centrale.

- Et toi, tu vas rejoindre plus vite que prévu le bureau principal de Mestrie dont tu rêvais, si j'en crois ce qu'on m'a laissé entendre. Ta nomination comme brigadier-général devrait même être avancée sérieusement...

- ... me dit celui qui passera colonel cette nuit ».

Ils continuèrent de se taquiner puis montèrent dans le véhicule.

Ils avaient quitté la zone aéroportuaire et roulaient depuis déjà quelques minutes quand Schroeder se rendit compte qu'ils s'en éloignaient clairement, alors même que le complexe militaire la touchait. Il s'en ouvrit à son conducteur, lui faisant noter que ce n'était pas la direction du cercle des officiers.

« Si je l'avais fait, je crois que je me serai fait occire par une certaine inspectrice-adjointe de la police métropolitaine », répondit Strucker en riant aux éclats.

« Au fait, j'ai appris qu'elle devrait recevoir la médaille pour bravoure de la ville de Lembourg, ainsi que celle de l'Etat, comme Clédane et Felder du reste ».

Son passager ne dit plus rien jusqu'à ce qu'ils arrivent à la fameuse petite maison mitoyenne qu'Heidi Zledt avait pu réintégrer dans la journée. Grâce à un élan de soutien et de solidarité des policiers métropolitains et de leur famille, tout avait été nettoyé et, même désinfecté, rapidement. Des salades, des gâteaux et des tartes avaient été également déposés.

Le colonel, sourire aux lèvres, klaxonna alors qu'il se garait le long de l'aller.

Heidi sortit, vêtue d'une longue robe fluide magnifiant ses formes et dont la couleur verte mettait en valeur les taches de rousseur de son visage, les éphélides comme elle aimait à le rappeler, ainsi que le bleu limpide de ses yeux.

Des bottes marron clair ajoutaient à l'impression qu'elle donnait d'être toute en longueur, élancée, les talons plats évitant cependant d'en rajouter au regard de sa haute taille.

Hank Schroeder n'osait pas bouger devant tant de grâce et, peut-être, un reste de culpabilité.

Strucker se pencha à son oreille et lui dit : « fonce, Hank ! Fonce ! Ce n'est pas trahir Allyson et je suis sûr que de là où elle se tient, elle pense la même chose que moi. Saisis ce bonheur qui s'ouvre à toi ! »

Au fond, convaincu de la justesse de ces propos, le géant blond sortit de la voiture et alla rejoindre Heidi Zledt.

Une nouvelle aventure pouvait s'ouvrir à lui, à elle, à eux…

Remerciements

A mon épouse qui m'a incité à écrire ce roman, me permettant d'accomplir un rêve que je ne pensais même pas réalisable.

Comme bien souvent, elle est celle qui croit le plus en moi de nous deux, celle qui me porte et me pousse à me dépasser.

Elle a été la première fan de ces lignes. Reste à espérer qu'elle ne soit pas aussi la dernière !

J'ai bien, évidemment, aussi, une pensée pour nos familles qui nous forgent et font de nous ce que nous sommes ; nos trois enfants en premier lieu, lesquels sont autant de raisons de se transcender.

*Composition et mise en page réalisées
avec l'aide de WriteControl*

MIXTE
Papier issu de sources responsables
Paper from responsible sources
FSC® C105338